門司柿家
MOJIKAKIYA
toi8
ILLUSTRATION
8
MY DAUGHTER GREW UP TO
“RANK S” ADVENTURER.
冒険者になりたいと
都に出て行った娘が
Sランクになってた

PERSONS 登場人物

【異名(?):赤鬼】
若い頃に夢破れ
故郷に戻った元冒険者。
過去を清算するため
旅に出るようになる。

【異名:黒髪の戦乙女】
ベルグリフの娘で
最高位Sランクの冒険者。
お父さん大好き。

アンジェリンとパーティを組む
弓使いのAAAランク冒険者。
3人のパーティでまとめ役を務める。

魔法が得意なAAAランク冒険者。
アンジェリンたちと
パーティを組んでいる。

【異名:天蓋砕き】
ベルグリフの元仲間の一人。
冒険者に復帰した
Sランクの大魔導。

【異名:覇王剣】
Sランク冒険者である凄腕の剣士。
ベルグリフの元仲間の一人で
時を経て和解することが出来た。

文武、容姿、カリスマ性。
どれをとっても
非の打ちどころのない
ローデシア帝国の皇太子。

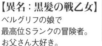

STORY あらすじ

トルネラの皆に見送られ、ベルグリフは
元仲間パーシヴァルがいると聞いた
限られた人間しか知らないとされる危険地帯
『大地のヘソ』へとアンジェリンや仲間と旅立つ。
長い村暮らしによって、旅に慣れない
身体は悲鳴を上げるが皆の協力で
目的の場所へと辿り着くことが出来た。
しかし、そこにあったのは昔の快活さの欠片もない
荒みきったパーシヴァルの姿。
長い間、自分を責め心をすっかり閉ざしてしまった
彼を目にし、ベルグリフは彼に殴りかかる。
年甲斐もなく喧嘩をはじめる男二人。
しかし、その果てに再び心を通わせ、

「長い事ごめんな、パーシー。

生きていてくれてありがとう。また会えて嬉しいよ」

「……俺もだ……ありがとう、ベル。会いに来てくれて」


二人は仲直りすることが出来たのだった。

MY DAUGHTER
GREW UP TO
"RANK S"
ADVENTURER.

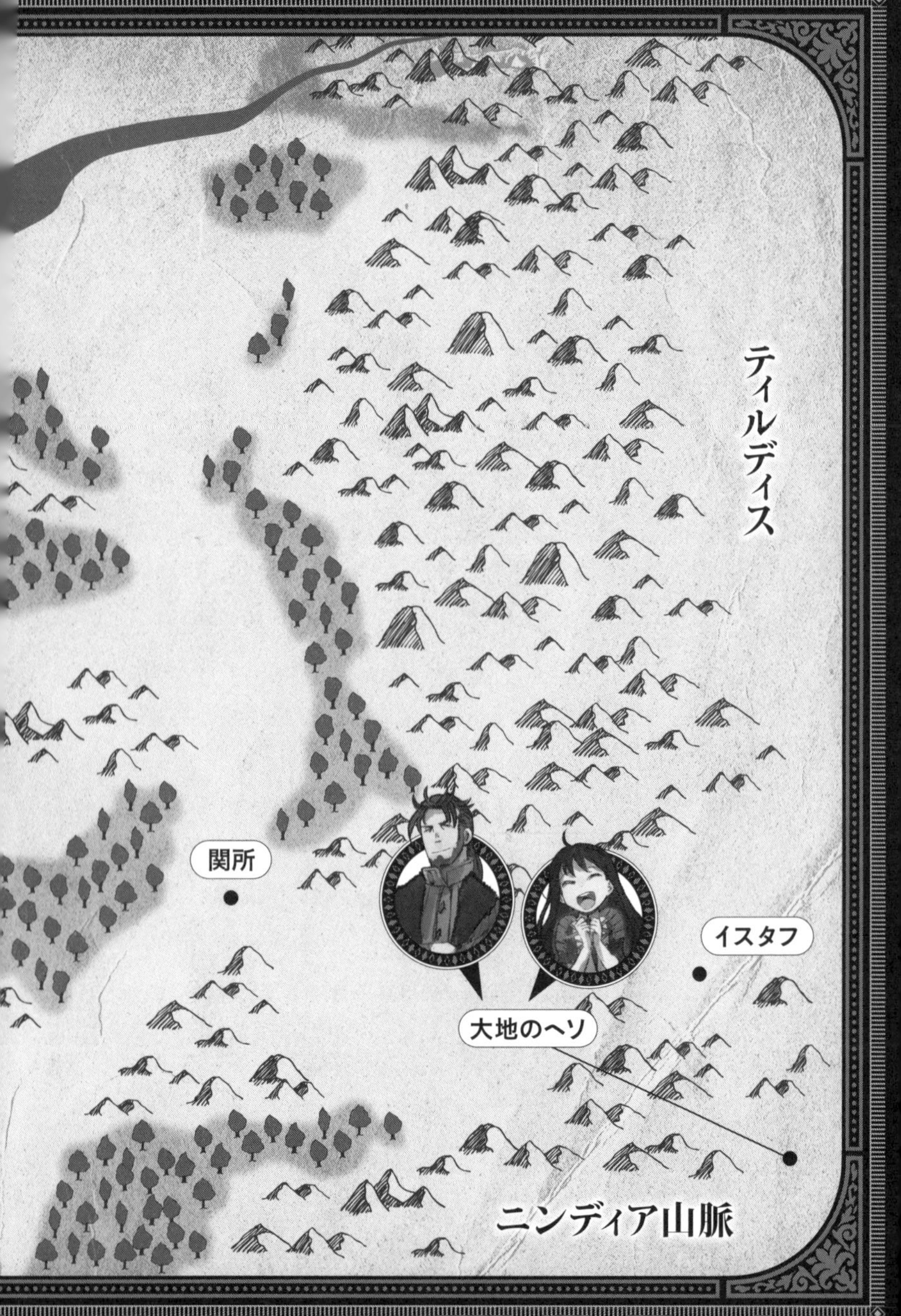
ティルディス
関所
イスタフ
大地のヘソ
ニンディア山脈

MY DAUGHTER GREW UP TO "RANK S" ADVENTURER.
WORLD MAP
公都エストガル
帝都
フィンデール
温泉の村
至ルクレシア
至ダダン

CONTENTS

第八章

第八章

MY DAUGHTER
GREW UP TO
"RANK S"
ADVENTURER.

九十八　豪奢な宮殿の一室に明かりが灯って

豪奢な宮殿の一室に明かりが灯っていた。硝子細工に黄輝石を使ったシャンデリアが床から壁から照らし出し、さりげない意匠が却って高級感を醸し出している調度品に陰影を作り出した。

黄の濃い金髪を綺麗に整えた男が椅子に腰を下ろしていた。恐ろしいくらいの美男子である。彼は大陸北西部を版図に収める大国、ローデシア帝国の皇太子ベンジャミンであった。

ベンジャミンは両手に乗るくらいの大きさの水晶玉を見つめていた。テーブルに置かれた水晶玉は淡い光を放ち、その向こう側には微かに人影が見えた。

「ふぅん。それで君はどこにいるの？」

人影が答えた。ベンジャミンは足を組み直して感心したように笑った。

「そんな所まで行ったんだ。何だかんだいって君は行動家だよね。それで、何か面白いものはあったのかい？　……へえ、そう」

組んだ足に頬杖を突き、ベンジャミンは水晶玉の方に身を乗り出した。

「何かが動きそうだねえ……ふふ、面白くなって来た。けど、ちょっと戻って来てよ。あれこれとこっちも忙しくてさ――そんなつれない事言わないでよ、まったく」

風が吹いて、薄い硝子の窓がかたかた揺れた。部屋の暗がりから人影が現れた。暗い焦げ茶の髪の毛を後ろで束ねている。エストガル大公家の三男、フランソワその人であった。しかし顔に表情はなく、肌はまるで蠟《ろう》のように白かった。

「殿下。お時間です」

「ん？　ああ……じゃあ、またね」

水晶玉の淡い光が消えた。ベンジャミンは立ち上がる。

「シュバイツ様ですか」

「そうそう。彼は動きが早いから面白いね。ふふ、君も覚えてるんじゃないかな？　あの〝黒髪の戦乙女〟の事だよ。あの娘の周囲で様々な事が動きつつある」

フランソワの眉がピクリと動いた。ベンジャミンはにやりと笑った。

「そう殺気立つなよ。いずれ君にも意趣返しをさせてやるさ」

「……ありがたき幸せ」

表情のなかったフランソワの顔に不気味な笑みが広がった。

慇懃《いんぎん》に頭を下げるその脇を、ベンジャミンが通り過ぎ部屋から出た。フランソワはすぐに踵を返してその後に続いた。

○

埃っぽい風が『大地のヘソ』を吹き抜けて行く。空には薄雲がかかっているが、陽射しを遮るほどではない。地面からは熱気が立ち上って来るようだ。

マントと上着を脱いだパーシヴァルの肉体は、恐ろしく鍛えられて引き締まっていた。シャツの上からでも分かるほどに筋骨が隆々としているが、しかし単に膨れているのではない。実戦のうちに無駄が削ぎ落されたのだろう、さながら鋼を思わせるようであった。

パーシヴァルは拳を握り込み、大きく息をついてベルグリフを見た。

「いいぜ」

「うん」

相対するベルグリフも構える。どちらも徒手空拳だ。互いの一挙手一投足を見逃さぬように、互いを鋭い視線で刺し貫く。一呼吸ごとに血が体を巡るのさえも感じるような、ピンと張りつめた緊張感があった。

ベルグリフの左足がわずかに動いた、と思うやパーシヴァルが踏み込んで来た。同時に掌底が飛んで来る。左の肩にまともに受けたように見えた。

だが、ベルグリフは左足を上げて右の義足を軸にすると、さながら扉が開くような具合に体を捻《ね》じった。衝撃の受け処を失ったパーシヴァルの拳はベルグリフを押すようにして、しかし途中でその後ろに受け流される。

左足を突くのと同時にぐんと踏み込み、ベルグリフは上から拳を撃とうと振り上げた。しかしパーシヴァルも攻撃を流されたと見るや即座に体勢を変えて、振り下ろされる前の拳を摑んだ。

「……成る程な。確かに足首があっちゃできねえ動きだ。悪くない」

「はは……受け止められちゃ意味がないけどね」

パーシヴァルはにやりと笑うと、掴んだ手首を引っ張り、体勢を崩したベルグリフの腰に手を当てて軽く押すと、事もなげに仰向けに転がしてしまった。

「だが踏ん張りは利かねえってわけだ。当面の課題だな」

「やれやれ……どっちにしても君には勝てそうにないけどな」

「あたりめーだろ。だが、義足のハンデは完全になくしてもらうぜ。俺がとことん付き合ってやる」

それが俺の責任だからな、とパーシヴァルは笑った。ベルグリフは上体を起こし、苦笑しながら頭を掻いた。

「お手柔らかにね……君は加減を知らないから」

「何言ってやがる、半端にやって身に付くわけねーだろう。〝パラディン〟のシゴキはもっと凄かったんじゃねえのか？」

パーシヴァルは上着を羽織りながら言った。ベルグリフは肩をすくめた。

「グラハムとはあまり組手はしなかったからな……瞑想の仕方、魔力の循環の方法を教えてもらったよ。おかげで動きに無駄な力が要らなくなった」

「そういう事か。なら尚更体使いだな。短所をかばうんじゃなくて長所にしてもらわにゃいけねえ。俺に言わせりゃまだ無駄が多い」

「Sランク冒険者と比べられちゃたまらないんだがな……」

「ハッ！　そんなんじゃアンジェに呆れられるぞ〝赤鬼〟さんよ」

「む……」

ベルグリフは困ったように髭を捻じった。パーシヴァルは愉快そうに笑って、マントを肩に担ぐようにかけた。

「行こうぜ。あちぃわ」

ベルグリフは頷いて立ち上がった。

パーシヴァルはすっかり昔の快活さを取り戻したように思われたが、無暗に粗暴に振る舞おうとしている節もあって、まだどこかぎこちない感じがあった。長い間塞ぎ込んで来たのだから、そう簡単に元に戻るという方が不自然かも知れない。

本人もそれを自覚しているからこそ、過剰に明るく振る舞ってみて、自分の中で落ち着くところを探しているのかも知れないな、とベルグリフは思った。単に照れ臭いだけなのかも知れないが。

大海嘯《だいかいしょう》なる魔獣の大量発生は未だ続いていた。戦いのない日はない。尤《もっと》も、盛りは既に過ぎたような気配で、バハムートや堕ちた農神のようなSランク魔獣は数を減らしているようだった。その為、頻繁に戦闘の行われていた『穴』の周辺から、よりよい素材を求めて『穴』の内部へ降りて行く冒険者も増えているらしかった。

しかし、そんな風にダンジョンアタックに出ている冒険者が増えていても、石造りの建物の中はまだざわざわしている。先に着いた組はまだ引き上げるには早いようであるし、タイミングを間違って盛りが過ぎてから到着したようなのもおり、さらに素材の買い取りを狙って商人たちまで姿を現し始めている。人は増える一方のように思われた。

余裕があった仕切り同士の間も詰まって来ていて、布一枚隔てた向こうに知らぬ者同士が眠っているなどというのも珍しくなくなって来た。

その仕切りをめくってベルグリフたちが中に入ると、イシュメールが小さな石の欠片のようなものをまじまじと見ていた。拡大鏡なのか、手の平に乗るくらいの小さな筒を通して眺めている。

イシュメールは二人に気付いて顔を上げた。

「お帰りなさい」

「なんだそりゃ」

パーシヴァルが目を細めて腰を下ろした。

「龍晶石です。流石は大地のヘソですね、随分質がいいですよ。ご覧になりますか？」

パーシヴァルは肩をすくめて手に取る様子はなかったが、ベルグリフは受け取って、拡大鏡を通して見てみた。成る程、水晶のように透明な石の中で、雲母のようにきらきらした小さな粒がいくつも見える。

「魔水晶とは違うのかな？」

「ええ、晶石とはいいますが、龍種の巣にあるんですよ。龍の体液が魔力と合わさって結晶化したものでして」

「へえ、凄いな……これは何に？」

「加工してレンズにするんです。きちんと精製すれば、そのレンズを通った光が一種の魔力に変換されるんです。それを利用してやりたい実験がありましてね」

難しい事は分からないが、ともかくこれを使って何か道具を作るという事だ。魔法使いは凄いな、とベルグリフは感心して魔晶石をイシュメールに返した。

花茶を淹れ、向こうから聞こえる喧騒に耳を澄ました。魔獣が上がって来ているのか、戦いが起こっているようだ。

アンジェリンたちは外に出ている。イスタフのギルドから頼まれた事もあるから、その素材を集めに行っているのだ。気が乗らないというパーシヴァルと、元々旧友との再会が目的で、戦いに乗り気でないベルグリフはこうやって留守番をしている。

たき火の薪の位置を直しながら呟いた。

「アンジェたちは大丈夫かな……」

「心配要らねえよ。あいつは強い」

パーシヴァルがそう言って花茶をすすった。ベルグリフはくつくつと笑った。

「君がそう言ってくれると安心するな」

「Sランク冒険者ってのも実力は一律に同じじゃねえからな。その中でも強い弱いはある。アンジェは間違いなく強い。その点は安心しろ。カシムもいるしな」

「そうか……しかし難しいね。俺には高位ランクなんかは雲の上の存在だったが、その中にも格付けってのはあるんだな」

「昔はギルドの最高位はAランクだったそうですよ」

　イシュメールが言った。

「けど、同じランクの中でも実力に差が出始めてしまって、次第にAA、AAAと上に新しいランクを作って、Sランクができたそうです。行き当たりばったりといえばそれまでですが、冒険者も進化しているんでしょうかね……もしかしたら、また新しいランクが作られるかも知れませんよ」

「それは知らなかったな……まあ、俺には高位ランクなんぞ縁のない話だが」

「Sランク魔獣とやり合えるくせに何言ってやがんだ。お前はどっかずれてんなあ、ベル」

　パーシヴァルはそう言って笑った。ベルグリフは困ったように頭を掻いた。

「いや、あれはグラハムの剣のおかげだよ……要するに借り物さ。俺自身の実力じゃない」

「やれやれ、自己評価の低さは相変わらずか……おいベル、別に胸を張れとは言わんが、自分の実力くらい正しく把握しておけよな。観察眼が鋭い癖に、自分の事となると途端に曇らせやがって。らしくねえぞ。ごほっ、ごほっ」

「んむ……」

　ベルグリフは目を伏せた。

　それはそうかも知れない。グラハムの剣を使わずとも、高位ランク冒険者たちといくらかは戦えるくらいの腕は持っているのだ。

　だが、勝てるわけではない。オルフェンの冒険者たちとは負け越しだったたし、サーシャとだって今戦えば負けるだろう。伸びたといっても昔の自分に比べてというだけだ。

「……そもそも俺は冒険者に戻りたいわけじゃないしな」

ぽつりとつぶやき、カップを口に運んだ。過去に決着が付けば、元の通りトルネラに帰って土を耕す生活である。そうなれば剣の腕など何の関係もない。

パーシヴァルは匂い袋をしまいながら、壁に寄り掛かった。

「冒険者か……ったく、夢中になって上を目指してたが案外大した事ねえな」

「おいおい……じゃあサティも見つけたら引退して畑でも耕すか？」

「ははっ、そいつも悪くねえな……だが」

パーシヴァルは体を起こして膝の上に腕を組んだ。鋭い目つきで燃える火を見据える。

「あの黒い魔獣。あいつだけはこの手でぶった切らねえと気が済まねえ」

「……あまりこだわらなくていいんだぞ、パーシー。俺は君が復讐に燃えてるのはあまり見たくない」

「悪いなベル。こいつは意地なんだよ、自分にけじめをつける為のな……まあ、それもサティを見つけてからの話だけどよ」

パーシヴァルはそう言って乱暴に足を投げ出し、大きく欠伸をした。ベルグリフはカップを置いて腕を組んだ。

「……サティは早いうちに姿を消してしまったんだったか」

「ああ。俺が随分追い詰めちまってたからな……」

パーシヴァルは乱暴に頭を掻いた。

「あいつがいなくなったのはAランクになって少ししてからだったな……受ける依頼の難易度が跳ね上がった。それでもまともに休みもせず、ひっきりなしに次から次へと依頼を受け続けた。カシムは大人しかったが、サティとは何度も口論になってな、疲労困憊するあいつにひどい事ばかり言ったよ。謝って許されるか分からねえが……一言謝りたい」

「サティもきっと分かってるさ。あの子は弱くないよ」

「……だといいんだが」

イシュメールが薬缶を手に取った。

「難しいものですね、この広い世界で一人の人を捜すというのは」

「そうだね……だが、どこにいても同じ空と地面の間には変わりないさ」

ベルグリフはそう言ってカップを口に運んだ。

○

振り下ろされた戦斧が毛むくじゃらの魔獣の頭を叩き割った。魔獣の四本の手足は弾けたようにぼろぼろで、歩くのもできなさそうである。

アネッサの矢は術式を刻んだ特別製で、もちろん普通の矢としても使えるが、射手がその気になって魔力を込めて射てば、刺さった時に炸裂する。その矢のせいだろう。正確に足だけを射抜いているのは、流石アンジェリンのパーティメンバーである。

動かなくなった魔獣の傍らで、ダンカンが戦斧を担いで息をついた。

「やれやれ、手こずりましたな」

「ダンカンさん、ナイス……他は？」

アンジェリンが剣を手に持ったまま周囲を見回した。あちこちで戦いが起こっていたが、今は少し落ち着いている。

ここのところは群を抜いて強力な魔獣が一匹出る、というよりは群れの魔獣が這い上がって来る事が多い。冒険者の数も増えているから、数の上では互角である。しかし乱戦になり過ぎて、状況の把握が難しくなりがちのようだ。

マルグリットが軽い足取りでやって来た。

「あっちも片付いたぜ。数が多いだけで大したことねえな」

「ええと、この毛皮が要るんだったよねー？」

マルグリットの後ろからミリアムがぽてぽて駆けて来た。アンジェリンの横に立っていたアネッサが懐からメモを取り出す。

「……うん、ピメンテルの毛むくじゃら獣の毛皮、だな。けど、この魔獣がそうなのかな？」

「合ってる合ってる、大丈夫だぜー」

また別の方からカシムがやって来た。ヤクモとルシールを伴っている。

「魔獣の勢いも大分落ち着いてきたのう。ぼつぼつ大海嘯も終わりやも知れんな」

「そこまでじゃなかったね……」

アンジェリンは剣を収めて伸びをした。ヤクモが苦笑して槍を担ぎ直す。

「本当はずば抜けた難易度なんじゃがのう……これだけ高位ランク冒険者が集まっておれば、そう感じぬのも無理はないな。おこぼれに与《あずか》れるから楽なもんじゃ」

「昔の人は言いました。貝と鳥が喧嘩した。貝をついばもうとした鳥のくちばしを貝が挟んで、互いに一歩も譲らぬせめぎ合い。どちらも動けぬところに漁師来たりてこれ幸いと」

「長いわ阿呆。しかも意味が合っとらんぞ」

ヤクモが槍の柄でこつんとルシールを小突いた。アンジェリンはくすくす笑う。

「ふふ……ヤクモさんとルシールは大海嘯終わったらどうするの？」

「んー、どうすっかのう。特に決めてはおらんが……おんしらはどうするんじゃ？」

「お父さん次第、かな」

「サティを捜しに行くんだよ。決まってんだろ」

カシムが言った。マルグリットが頭の後ろで手を組んだ。

「けど居場所は分かんねえんだろ？　モーリンも知らないっていうし、手がかりがねえんじゃ捜しようがないんじゃねーか？」

「でも、同じように手がかりなしでパーシーさん見つけたんだし、案外サティさんも見つかるんじゃないかにゃー？」

「でもそれはヤクモさんとルシールが知ってたのが大きいよな……うーん、サティさんとも再会して欲しいけど……ここの高位ランクの人たちが何か情報持ってないかな」

アネッサが腕組みして唸った。ダンカンが顎鬚を撫でる。

「いずれにしても、イスタフのギルドマスターの頼み事を済ませてしまわねばなりますまいな」

「うん……ごめんねダンカンさん、付き合わせちゃって」

「はっはっは、何をおっしゃるアンジェ殿。貴殿の如き類まれなる使い手の剣を傍で見られるだけで儲けものというものですぞ」

「むむう……照れる」

アンジェリンは頬を染めて頭を掻いた。

魔獣の波は一旦引いたらしい、あちこちで仕留めた魔獣の死骸を解体したり、武器を携えつつも腰を下ろして体を休めたりする冒険者の姿が散見された。アネッサが解体ナイフを取り出す。

「量は要らないんだったよな？　これだけ皮を剝ぐのでいいか？」

「うん。これが一つ……さっきの亜竜の体液が一瓶」

アネッサのメモを見ながらアンジェリンは素材の数を確認する。

概ね集まっているようだが、一つだけまだ手に入っていないものがあった。大甲冑蟲《おおかっちゅうむし》の抜け殻である。これは体高、体長が人の数倍の大きさがある虫の魔獣で、脱皮を繰り返して大きくなる。その殻は非常に硬く傷つきにくいが、加工すれば非常に高品質の装備や装飾品となる。魔法の実験の道具にも使われるらしい。

抜け殻という素材の特質上、『穴』から這い上がって来るのを待っていても埒は明かない。アンジェリンはメモを畳んで懐にしまった。

「……ダンジョン探索が必要かも」

「『穴』に潜るって事か？　いいじゃん、行こうぜ！」

マルグリットは目に見えて張り切っている。ミリアムが杖にもたれた。

「いいけど、今日はやめようよー。流石に高位ランク魔獣と連戦の後じゃ危ないって」

「えー、おれはまだまだ行けるけどな」

ヤクモが苦笑いを浮かべてマルグリットを制した。

「いかんよ、お姫さん。戦いの後は気分が昂るもんじゃ。しかし体は確実にくたびれとる。それに気づかずに続けては大事なところで足を掬われるぞ」

「ん……そうかな……そうかもな」

マルグリットは体の感覚を確かめるように肩を回したり足先をぶらぶらと揺らしたりした。確かに、足の裏からふくらはぎの後ろが変に重いように感ぜられたようで、納得したように頷いている。

アンジェリンはにやにやしながらマルグリットを小突いた。

「お父さんかおじいちゃんがいたら怒られてる……」

「う、うるせー」

マルグリットは頬を染めてぷいとそっぽを向いた。仲間たちがけらけら笑う。カシムが山高帽子をかぶり直した。

「ま、残りはその抜け殻だけだろ？　明日また潜ればいいって。ダンジョンは逃げやしないよ」

「うん……アーネ、終わった？」

「待って、もう少し……よし」

アネッサは上手い具合に剝げた皮を裏に表にして確認した。そうして丸めて小脇に抱える。

「肉はどうする？」

「これ、あんましおいしくないよ」

ルシールが言った。ヤクモが頷く。

「放っておけば他の連中がどうにかするじゃろ。時間かけて解体する価値はないぞ。バハムートの肉もまだたっぷりあるしのう」

「なら放置だな。さっさと戻って、酒でも飲み行こうぜ。オイラ腹減ったよ」

「では参りましょうぞ。次の波が来てしまっては見て見ぬふりもしかねますからな」

ダンカンがそう言って笑い、歩き出した。アンジェリンは軽く周囲を見回し、それから足を動かした。

休憩を終えて『穴』に潜るのか、それとも次の波を待つのか、幾人、幾組もの冒険者たちとすれ違って建物に戻った。

仕切りの前まで来ると、中から話し声が聞こえた。たき火を挟んでベルグリフとトーヤが向き合っていた。パーシヴァルは壁にもたれており、イシュメールは拡大鏡で魔石を検分している。

「凄いなあ……それじゃあ〝パラディン〟は本当にエルフの王族って事なんですね」

「本人はそれを誇りもしなかったけどね。寡黙だけど良い奴だよ」

「けど羨ましいですよ。俺も〝パラディン〟に会ってみたいなあ……モーリンから話だけは聞いてるんですけどね」

「はは、そのうち遊びに来るといいよ。ああ、お帰りアンジェ。無事でよかった」

「あ、アンジェリンさんどうも。お邪魔してます」

「ん……モーリンさんは？」

「ああ、あいつは市場をうろついてますよ、いつも腹減った腹減ったってうるさいんで」

「あいついつも腹減らしてるよな」

マルグリットがそう言って笑った。アンジェリンも口元を緩めて、ベルグリフの肩に後ろから手を突いた。

「何か食べに行こうって話してたの」

「そうだな、もうそんな時間か……パーシー、寝たのか？」

「いや、起きてる。飯か」

パーシヴァルは目を開けると、大きく欠伸をしながら両腕を上げて伸びをした。

「で、素材は残らず集まったのか？」

「うんにゃ、あと一個。ただ『穴』に潜らんと手に入らないやつなんだよ。だから明日にした」とカシムが言った。

「なんだ？」

「大甲冑蟲の抜け殻」

「あれか。いいだろう、明日は俺も手伝ってやるよ」

パーシヴァルは『大地のヘソ』で剣を振るっていた時期が長い事もあって、『穴』の内部にも詳しいらしかった。曰く、大甲冑蟲の抜け殻のある場所も見当がつくらしい。

ベルグリフは安心したような顔をした。

「よかった。パーシーなら安心して任せられるよ。よろしくな」

「何寝言言ってんだ、お前も行くんだよ」

「……はっ？」

「当たり前だろうが。俺の背後を守るのはお前らの仕事だろ。なあ、カシム？」

「そうそう。諦めなよベル」

カシムがにやにやしている。

アンジェリンは顔を輝かしてベルグリフの服を摑んだ。嬉しくて仕方がないといった様子である。

「お父さん！」

「……参ったな」

ベルグリフは諦めたように苦笑いを浮かべた。

九十九　壁面に沿うようにして下へ

壁面に沿うようにして下へと続いている石段は、岩を穿《うが》ったような所もあり、他から丁度いい石を持って来たような所もあり、とても自然にできたものだとは思えなかった。しかし、こんな所にわざわざ下に降りる階段を作る者が誰なのか見当もつかない。あるいは古い時代、ここに王国があったという頃に作られたものなのかも知れないが、今となってはそれを知る手段はなかった。

幅はかろうじてすれ違う事ができる程度である。一段降りる度に、右の義足が石段を打ってこつこつ音を立てた。

先頭を行くパーシヴァルが立ち止まって振り向いた。

「いいか、ここからもう少し行くと霧が濃くなる。その時は気を散らすな。きちんと足場を意識しろ。そうでなけりゃ別の場所に飛ばされる」

マルグリットが首を傾げた。

「別の？　なんだそりゃ？」

「強制転移の力を持った霧って事ですか？」

アネッサが言った。パーシヴァルが頷く。

「それほど強い力じゃねえがな。ただ意識が別の方に向くと危ない。ま、不安なら前の奴の服でも握っておくんだな。おいベル、後ろはどうだ」

「大丈夫だ。この石段からは魔獣は上がって来ないんだな」

「そういやそうだね。何か特殊なものがあるんかね？」

カシムが言った。パーシヴァルは肩をすくめる。

「そこまでは分からんがな。だが、魔獣はその霧を利用して『穴』から上がって来るんじゃねえかと思う。馬鹿正直に壁をよじ登って来るとは思えんからな」

成る程、空間転移の力を持った霧ならば、上手く利用すれば好きな場所に移動できるだろう。魔獣の方がそういったものを使いこなしているのかも知れない。『大地のヘソ』の高位ランク魔獣だからこそかも知れないが。

ふと、マントを小さく引っ張る気配があった。見るとアンジェリンがマントの裾を持っていた。

「これで大丈夫……」

「はは、そうだな」

ベルグリフは微笑んで、アンジェリンの頭をぽんぽんと撫でた。

今回はパーシヴァル、カシム、アンジェリンのSランク冒険者三人に、アネッサ、ミリアム、マルグリット、それにベルグリフの七人編成である。随分豪華なパーティもあったもんだとベルグリフは思った。

ダンカンは腕のある冒険者と立ち合いの予定を入れていたらしく、イシュメールはもう目当ての素材は概ね手に入れたそうで、わざわざ今になって『穴』に潜る必要はないらしい。ヤクモとルシールはくたびれたとかで同行せず、トーヤとモーリンはそもそもが別行動である。

再び一行が歩を進めて行くと、次第に頭上の光が淡くなり、見上げると空が少しずつ狭くなるように思われた。妙に視界がけぶる。霧が立ち込めて来たらしい。ベルグリフは大きく息を吸って、足元の感触を確かめた。

やがて階段が見えなくなった。ある地点から真っ白な霧の中に入り込んでしまっているのである。霧は白いが、光の具合なのか時折七色に光るように思われた。階段はその中へと続いている。どれだけ行けば底に着くのか見当もつかない。

「パーティなんぞ組んで行くのは久しぶりだな……いや、ここじゃ初めてか……？」

パーシヴァルが呟いて頭を掻いた。一人きりならばどこに飛ばされようが関係ないと考えていたらしかったが、こうやって仲間が多いと気を揉むようだ。かつてパーティのリーダーとして他人を引っ張っていた時の感覚を思い出そうとしているのか、パーシヴァルは顔をしかめて自分の頬をぴしゃりと叩いた。

「……よし、行くぞ。仮に飛ばされても慌てるな。それほどひどく遠くまで飛ばされるわけじゃねえからな」

「パーシー」

「なんだ、ベル」

「あんまり気負うなよ。それで気が散って君一人いなくなってたら笑い話だぞ」

噴き出したマルグリットを筆頭に、女の子たちがけらけらと笑う。パーシヴァルはバツが悪そうに頬を掻いた。

「お前はいつも痛い所を突きやがるな……」

「へっへっへ、ま、飛ばされてもオイラが見つけてやるから安心しなよ」

「飛ばされねえよ、バーカ。大体お前の方が前科持ちだろうが、偉そうな面すんな」

「いや、あれはアンジェのせいだって」

「違うもん……」

「えー、なになに、なにしたのー?」

「カシムさんがもたもたしてたから、一人だけ違う所に……」

「違うって、お前がオイラを追い越して行ったから、気が散っちゃったんだよ」

何となく皆肩の力が抜けたらしい、少しの笑い話の後、改めて霧の中に入った。外から見れば真っ白で何も見えなかったが、入り込んでみると少し前を歩く者の輪郭は見て取れた。けぶってはいても足元は見えるから、注意すれば歩くのにも支障はない。

時折声をかけ合いながら、危なげなく石段を降りて行く。

霧のせいなのか、他の何かのせいか、少し石が湿って来たように思われた。義足の先端が危うく滑りかけるようで、ベルグリフはより一層注意して歩いた。

滑りやすいのは他の連中も同じようで、アンジェリンは手をマントからベルグリフの腕に移し、反対側にはミリアムもいそいそと寄り添って、危ない時には体重をかけた。

そんな風だから余計に転ばないように気を遣う。自分が転んでは二人も巻き添えだ。特に義足の先に意識を集中しながら、一段一段を丁寧に下って行くが、中々終わりが見えそうにない。

「パーシー、どうだ？　まだかかりそうか？」

前に向かって言うと、霧の向こうから返事があった。

「そろそろ出る筈だが……おいマリー、気を付けろ。転ぶなよ」

「転ばねーよ！　お前こそ飛ばされんじゃねーぞ、パーシー！」

「ははっ、口の減らねえ奴だ……」

前の方からパーシヴァルの愉快そうな笑い声が聞こえた。アンジェリンがぎゅうと腕を持つ手に力を込めた。

「気が散ってない……？」

「どうだかな。まあ、大丈夫だろう。昔みたいに突っ走ったりしない筈さ」

「ベルさん、そこ窪んでますよー」

杖で少し先の石段を突っついていたらしいミリアムが言った。

そうこうしているうちに霧を抜けた。抜けてしまうと途端に視界が明瞭で、しかし陽の光はちっとも射していないから、辺りは妙に薄暗い。

来た方を見返ってみると、霧はまるで灰色のふわふわした天井のように、頭上の一定の位置に平らになっていた。外界と中とを隔てている境界のようだ。

霧を抜けてしまえば、石段はもう終わりかけていた。降り切って少し先の地面に、火を灯したランプを持ったパーシヴァルが立っている。ベルグリフは目を走らせて、仲間が誰も欠けていないのを確認した。

「うん、大丈夫だな……」

緊張が少し解け、降り立った先で息をついた。マントや髪の毛がしっとりと湿り気を帯びているような気がする。髪の毛がはね散らかるのか、ミリアムが顔をしかめて癖っ毛に手櫛を入れた。

パーシヴァルが満足そうに頷く。

「問題なく来れたな。さて、大甲冑蟲の群生地までは歩いて一時間ってところだ。はぐれる事はねえだろうが、魔獣はどこから出るか分からん。気を抜くなよ……何笑ってやがる」

腹を押さえてくくくと笑っていたカシムが顔を上げた。

「いやあ、昔はそういう風に言って、いざ探索始まったらサティと二人でばんばん突っ込んでベルが青くなってたなあって思ってさ。ねえ、ベル？」

「ああ、そうだな。探索前は気を付けろだの気を抜くなだの言うけど、いざ入るとよそ見はするわ無茶はするわ……」

「あーあー、うるせえ。若気の至りだ、忘れろ」

パーシヴァルは面倒臭そうに、しかし少し頬を染めて手をひらひら振った。アンジェリンがにまにま笑いながら胸を張った。

「わたしはそういう事ない……ね？」

「ん？　あー、そうだな。アンジェが無茶して突っ込むって事はなかったな」

アネッサが言った。ミリアムも頷く。マルグリットが意外そうな顔をした。

「そうなのか？　アンジェはガンガン突っ込んで行きそうな感じするけどなあ」

「わたしはお父さんの娘だぞ。慎重で無茶をしないのは当然」

そう言って、どうだという顔でパーシヴァルを見た。パーシヴァルは小さく笑って手を伸ばし、わしわしとアンジェリンの頭を撫でた。

「いい子だ。ベルの教え、大事にしろよ」

「ん、んむ……」

茶化されるつもりでいたらしいのが予想外に褒められて、アンジェリンは少し頬を染めて俯いた。マルグリットがにやにやしながら、その肩を小突いた。

「なーに照れてんだよ」

「……うるさい」

アネッサとミリアムも顔を見合わせてくすくす笑っている。

ベルグリフは大剣を引き抜いた。剣は淡い光を放って小さく唸った。

「さて……パーシー、どういう編成で行くか？」

「先頭は俺が行く。殿《しんがり》はベル、お前の仕事だ。中衛はカシム、アーネとミリィは俺たちの援護。アンジェとマリーは前に出つつも、後衛組を守るように左右を見とけ」

てきぱきと指示を出すパーシヴァルに、ベルグリフは感心して顎鬚を撫でた。

「流石だな。ちゃんとリーダーしてるじゃないか」

「お前に呆れられるわけにゃいかねえからな」

パーシヴァルはそう言うと前を向いた。

かつて自分たちを引っ張って行ってくれていた少年の姿がダブるようで、ベルグリフは何ともなしに嬉しくなり、思わず口端を緩めた。

○

前にここに来た時とは、何となく空気が違うな、とアンジェリンは思った。パーシヴァルとのピリピリした緊張感がないのもあるし、何よりもベルグリフが一緒にいる。周囲は高位ランク魔獣の巣窟であって、気を抜けないのは確かなのだが、それを加味しても心には随分余裕があった。

少し前を行くパーシヴァルの背中は大きい。初めて会った時の怪物のような雰囲気はすっかりなりを潜め、今では頼りになる人といった具合だ。

それでも、こうやってダンジョンを行く時の彼からは、周囲を威圧するような空気が漂っていた。それは魔獣にも感ぜられるもののようで、歩き出してから少し経ったけれど、魔獣が襲って来る気配はない。遠巻きにこちらを窺っているだけだ。

隣を歩くマルグリットが退屈そうに頭の後ろで手を組んだ。

「なんも来ねえな」

「まあ、向こうもわざわざ勝てない勝負はしたがらない、と思う……」

「詰まんねえ、と思うけど、冒険者としては無駄な戦いはない方がいいんだよな」

「うん」

冒険者は冒険してはいけない。何だか変だなと思う。

けれど、冒険を続ける為には死の危険を出来る限り回避するのは当然の事なのである。命のスリルを感じる事だけが冒険というわけではない。

危険には飛び込むが、命を守るための最大限の努力をする。そういう者だけが、一流の冒険者として生き残る事ができる。この『大地のヘソ』に集まる冒険者たちはそんな人ばかりなのだ、と考えると何だか不思議な感じがする。大陸中から集まって来るというから、人種も装いも様々だ。しかし、その誰もが駆け出しの頃があり、潜って来た修羅場があり、英雄譚がある。パーシヴァル然《しか》り、カシム然りだ。

自分はまだまだ若い。色々な経験をして来たとは思うけれど、それでも二十年と四十年では違う。自分が四十を過ぎた時、そこにはどんな物語があるのだろう。アンジェリンは想像しようとしてみたけれど、できなかった。

しばらく進んで行くと、左手の方の緩やかな丘陵が次第にせり上がって、急峻な崖になって来た。行く手には尖った細長い岩が、まるで柱のように幾本も立ち並んで、ずっと上の方に漂う霧の向こうに突き刺さっている。さながら石柱の林のようだ。見通しの良かった今までの場所とは少し環境が変わって来たように思う。

パーシヴァルが足を止め、懐から匂い袋を取り出した。

「ごほっ……もう少しだ。ここを過ぎれば小一時間で目的地に着く」

　ベルグリフが前を見据えたまま言った。

「柱の陰に何かいるな」

「分かるか。見通しが悪いからな、奇襲に警戒しろ。崖の上にも気を配れ」

　アンジェリンは腰の剣の位置を正した。先ほどよりも魔獣の気配が濃密になっているように感ぜられた。視線があり、ぴりぴりした殺気があった。パーシヴァルが目を細める。

「子鬼《ゴブリン》の群れだな。待ち構えていやがる」

「子鬼？　Ｄランク魔獣の？」

　アネッサが拍子抜けしたように言った。

　子鬼は亜人種の魔獣である。単体での戦闘力は大した事がないが、簡単な道具を扱うだけの知能と群れを成す習性がある為、Ｄランクに位置づけられている。パーシヴァルはにやりと笑った。

「ここの子鬼は外の連中とは違って知能が段違いだ。人間並みとは言わんが、それに近いくらいのものはある。連携、待ち伏せ、罠、飛び道具、そんなものを使って来る。子鬼と思って油断すると痛い目を見るぞ」

　人間が魔獣を抑えていられるのは、その知能が人間よりも劣っているからだと言われている。魔獣の身体能力に人間の知能があれば、人間では太刀打ちできない。ここにいる子鬼はそういった類のもののようだ。

　しかし、パーシヴァル曰く、そんな連中でもこの『穴』におけるヒエラルキーでは下位に当たるらしい。亜人種である分だけ、身体能力が獣型の魔獣よりも劣るせいだろうか。

「……負ける気しない」

アンジェリンはふんと鼻を鳴らして剣の柄に手をやった。要するに数の多い盗賊を相手にするようなものだ。子鬼《ゴブリン》だからと侮りさえしなければ、万に一つも負けはあるまい。

「行くぞ」

パーシヴァルがさっと剣を振ると同時に、カシムの魔弾が飛んだ。柱の陰や暗がりからギイギイと妙な悲鳴が上がった。

誰からとなく剣士三人、踏み込んで前へと駆ける。

ベルグリフは後ろにいる。見ていてくれる、と思うだけでアンジェリンは余計な力が抜けるような気がした。

柱の陰から出て来たふらつく影を一刀両断する。やや背が低いものの、硬い筋肉をまとった子鬼が悲鳴を上げて倒れ伏した。

その後からわらわらと幾匹もの子鬼が現れた。意匠や素材がばらばらの鎧を着、手に手に武器を持っている。

隣ではマルグリットがまとめて三体を斬り払う。

パーシヴァルは既に数歩先へと踏み込んで、その背後には数体の死骸が転がっていた。

暗がりに飛び込むと目が慣れて、かなりの数の子鬼がいる事が分かった。

彼らはこちらの速攻に一瞬浮足立った様子だったが、流石に『大地のヘソ』で生き残っている魔獣である、態勢を整えて鬨の声を上げた。統率された部隊のように、槍を持った数体がこちらを囲むように槍を突き出し、その後ろで弓矢が構えられる。

アンジェリンは前に出かけた足を突っ張り、防御の姿勢を取る。

その時、後ろから魔弾と矢が飛んで来て、子鬼《ゴブリン》の射手たちを貫いた。

援護の矢が飛ばなかった事で、槍を持った子鬼たちの動きが一瞬止まる。その頭上で雷鳴がとどろき、稲妻が落ちて、子鬼の粗雑な鎧ごと丸焦げにした。

「止まるな！　蹴散らすぞ！」

それらを薙ぎ払うようにしてパーシヴァルが剣を振るい、さらに前へと押す。足取りに迷いがない。勢いに任せて突き進む、というよりは、背後の事は完全に仲間を信頼して任せている、といった様子だ。

お父さんがいるからかな、とアンジェリンは無意識に口端を緩め、剣の柄を握り直してパーシヴァルの後を追った。木立のように並ぶ石柱を縫うようにして走る。

その時後ろからベルグリフが怒鳴った。

「パーシー！　右の崖だ！」

ハッとして見やった。急峻な崖の上から、狼の背に乗った子鬼の一隊が、まるで岩が転がって来るような勢いで下って来ていた。前に気を取られて、言われるまで気が付かなかった。

パーシヴァルが横目でちらりと崖の方を見た。

「アンジェ、マリー、崖から距離取れ！　カシム！」

「あいよっ」

魔力の奔流が巻き起こった。子鬼《ゴブリン》の騎兵隊が崖を降りきる前に、カシムの魔法が飛んだ。魔法は少し先、彼らの進行方向の足場を砕いた。騎兵隊はバランスを崩して転倒する。急な坂で転倒すれば命取りである。子鬼と狼とは一塊になってまともに地面に落っこちた。自らの武器や鎧で致命傷を負った者もあり、苦痛のうめき声が巻き起こった。

同時に背後で爆発のような音が聞こえた。アンジェリンが振り向くと、ベルグリフがグラハムの剣を抜き放っていた。衝撃波が、いつの間にか後ろに回り込んでいたらしい子鬼たちを吹き飛ばした。

パーシヴァルが叫んだ。

「ベル、後ろはそれだけか!?」

「ひとまずはな！　だが場所が悪すぎるぞ！」

林立する石柱の間隔は狭くなって来ている。確かに、剣を振るうには少し邪魔だ。

「どうするのパーシーさん？　一旦戻る……？」

「いや、相手の数も減った。もう頭が出て来る筈だ。そいつを潰せば他は逃げる」

パーシヴァルはそう言って剣を構えて前を見た。マルグリットが目を細める。

「おい、なんか変なのが来たぞ！」

それは子鬼ではあったが、背丈は人間のそれと大差なかった。むしろアンジェリンよりも背が高く大柄である。そして、見るからに質の良い鎧を身に纏い、手にはかなりの業物らしい剣と盾が握られている。一見してとても子鬼《ゴブリン》とは思えない容姿であった。

「……あれ、子鬼だよね？　大鬼《オーガ》じゃないよね？」

「ああ。子鬼の変異種だろう。ここでくたばった冒険者の装備を身につけたってところだな。さて……若いののお手並み拝見と行こうか」

パーシヴァルはそう言っていたずら気に笑うと、向かって来た子鬼をなで斬りにした。自分が前に行こうという気はないようだ。

アンジェリンはマルグリットと顔を見合わせた。

「どうする……？」

「早い者勝ちだな！」

マルグリットが脱兎の勢いで飛び出した。アンジェリンは一歩遅れてそれに続く。

まだ周囲は子鬼たちが取り巻いているが、後ろから飛んで来る魔法や矢、それにパーシヴァルに阻まれて近づいて来られないらしい。

さしたる妨害もなく瞬く間に肉薄したマルグリットが細剣を突き出した。アンジェリンの目から見ても見事な一撃である。好敵手という事で張り合ってはいるが、アンジェリンも心の内ではマルグリットの実力は認めている。

細剣は鎧の継ぎ目を捉えたかのように見えた。

しかし子鬼の剣士は軽く身をよじって、鎧の表面で細剣を受け流すようにしてかわしてしまった。

マルグリットは口端を吊り上げる。

「ははっ、こうじゃなくちゃ面白くねえ！」

「マリー、邪魔」

マルグリットを飛び越すようにアンジェリンは跳躍した。その勢いで剣を振り降ろそうとするが、子鬼《ゴブリン》の剣士は素早く身を引いて、盾で身を隠しつつ突きの体勢を取った。アンジェリンは咄嗟に盾を足場にして子鬼を飛び越えた。着地と同時に身をよじって子鬼に向き直る。

「ふぅん……やるね」

「なんだよ、斬れねえじゃねえか。ダセェぞアンジェ」

子鬼を挟んで向き合うマルグリットがからかうように言った。アンジェリンはふんと鼻を鳴らした。

「小手調べ……」

アンジェリンは剣を構えて飛びかかった。反対側からはマルグリットも斬りかかって来る。子鬼の剣士はアンジェリンの側に剣を向け、マルグリットの方には盾を向け、一歩も引かずに迎え撃つつもりらしかった。

剣を避けて腕を狙ったつもりだったが、子鬼の剣士は小手を返してアンジェリンの剣を受け止め、反対から来たマルグリットの細剣も盾で受けた。

剣が打ち合わされた瞬間、相手の剣の刀身に刻まれた模様が淡く光った。そして異様な衝撃が刀身、柄を伝って腕を痺れさせ、アンジェリンは危うく剣を取り落しかけた。

「なに……？」

相手は受けただけで打ち返したわけではない。刀身に刻まれた魔術式が、相手に伝わる筈だった衝撃を跳ね返して来たのだろうか。力尽きたとはいえ、この『穴』で戦う事の出来るほどの冒険者の遺品だ。業物の剣に相違あるまい。

「マリー、剣に注意……」

「盾にもだぜ。衝撃が跳ね返って来やがる」

マルグリットが顔をしかめて手をひらひらと振った。

変に長々と打ち合うとこちらが追い込まれそうだ。相手の剣技はそれほどでもないが、こちらの攻撃の威力が戻って来るのは面倒臭い。

上手く隙を突いて首を刎《は》ね飛ばせれば済むのだが、とアンジェリンが目を細めて様子を窺っていると、後ろからベルグリフの声が聞こえた。

「アンジェ、引けっ！　後ろに来い！」

アンジェリンはハッとして周囲を見回した。子鬼《ゴブリン》の群れを相手にしていた筈のパーシヴァルは既に後方に引き返しかけている。ベルグリフの声に即座に反応したといった様子である。

いつの間にか後衛組は随分後ろにいた。

「マリー、引くよ」

アンジェリンはそう言うと素早く地面を蹴って、疾風の如き勢いで後方に駆けた。一瞬遅れてマルグリットが続く。

崖の方で地鳴りがした。見ると、さっき騎兵隊を撃退した時にできた傷がさらに崩れ始めたらしい、大小の岩が雪崩落ちて来た。それらは崖下の子鬼《ゴブリン》たちを押し潰し、子鬼の剣士と後方の子鬼たちとを分断した。

アンジェリンは崖の方に目をやった。大きな土や岩は概ね転がり落ちたようだ。あとは表面を滑るように細かな砂がかすかに流れている。もう崩れては来ないだろう。

ちらとマルグリットの方を見て、アンジェリンは口を開いた。

「合わせられる？」

「首狙いか？」

アンジェリンが頷くと、マルグリットは口端を上げて細剣を構え直した。子鬼の剣士は怒りの形相でこちらに突進して来ながら剣を振り上げている。

二人は同時に地面を蹴った。アンジェリンが前に、そのすぐ後ろにマルグリットが続く。横なぎに振るわれたアンジェリンの剣と、子鬼の剣士の振り下ろした剣とが交差した。衝撃と魔力がはじけて、風になって暴れた。

マルグリットが、アンジェリンと子鬼の剣士とをまとめて跳び越す。しなやかな体を捻って跳躍し、子鬼の剣士の真上から、無防備なうなじに向けて細剣を突き出した。剣は鎧の継ぎ目を見事に貫き、その奥の肉と骨とに突き立つ。子鬼の剣士は雄叫びを上げた。一瞬動きが止まったのを見て、アンジェリンは即座に間合いを詰めて素早く剣を振るう。子鬼の剣士の首が飛んだ。

マルグリットが着地するのと同時に、子鬼の剣士の体が地面に倒れ伏した。手からこぼれた剣が地面を転げて音を立てる。残った子鬼たちが、波が引くように姿を消した。アンジェリンは息をついた。

「……ナイス、マリー」

「ふん、お前もな」

マルグリットは鼻を鳴らして、手の平で乱暴にアンジェリンの肩を叩いた。パーシヴァルがからからと笑う。

「やるな娘っ子ども。中々の腕前で安心したぞ」

「たりめーだ、馬ぁ鹿。おっさんどもの出る幕じゃねえよ」

とマルグリットがあっかんべえと舌を出す。アンジェリンはくすくす笑った。

カシムが頬を掻いた。

「あれ、オイラがさっき付けた傷？」

「ああ。危ういバランスで崩れずに残っていたのが、ちょっとした振動で崩れたみたいだ」

ベルグリフは周囲を見回しながら大剣を鞘に収めた。パーシヴァルがその鞘の上からベルグリフの背中を叩いた。

「観察眼は鈍《にぶ》ってねえみたいだな。あれに気付くとは流石だ」

「まったく、無茶ばっかりして……俺が気付かなかったらどうするつもりだったんだい」

「お前なら気付く。そういうもんだ。なあ、カシム？」

「うん。ベルなら気付く。そういうもんだね」

「あんまり変に期待しないでくれよ、俺は現役じゃないんだから……」

苦笑するベルグリフの肩を、パーシヴァルは乱暴に叩いて笑った。

「さて、行くか。あと少しだ」

一行は再び歩きはじめる。周囲に魔獣の気配がないせいか、何となく肩の力が抜けた行軍である。先頭のパーシヴァルと並んで、ベルグリフとカシムが何か話しながら歩いている。

アンジェリンはアネッサとミリアムに並んで話しかけた。

「後ろはどんな風だったの？」

「真後ろはベルさんが受け持ってくれて、わたしらはアンジェたちの援護に回ってたよ。丁度前衛三人に一人ずつ付けたし。けど、その合間合間にもベルさんが指示出してくれて、すごく戦いやすかった」

「ねー。ここに来る時の戦いでもそうだったけど、ちゃんと全体を見てくれる人がいると自分の周囲に集中できるし、安心だよねー」

ミリアムがそう言ってくすくす笑った。

自分たちが前で戦っている時も、ベルグリフたちが万全にサポートしてくれていたのだ、と思うとアンジェリンは嬉しくなった。

確かに目立たない仕事だ。戦いが終わってしまえば、何をやっていたのか言い出さなければ埋もれてしまうだろう。しかしあるとないとでは雲泥の差だ。

「にしても、パーシーさんもカシムさんも嬉しそうですにゃー。なんかベルさんも活き活きしてるし、仲良しなんだね、ホントに」

「だな。再会できて本当によかった……」

「友達か。いいなあ」

マルグリットが頭の後ろで手を組んで呟いた。ミリアムが笑ってその肩を小突く。

「なに言ってんの、マリーにはわたしたちがいるでしょー？」

「んお……そ、そうだな！　へへ……」

マルグリットは嬉しそうに笑って頬を掻いた。

アンジェリンはそれに微笑ましさを覚えながら、前を見た。父とその友人の背中が見える。

再会できて、仲直り出来てよかった。

その筈なのに、アンジェリンの胸の中に、妙にもやもやしたものが渦を巻いていた。あんな風に笑うベルグリフは見た事がない。

娘として、ずっと一緒に暮らして来て、ベルグリフの事は何でも知っているつもりだった。自分の知らない父の姿などないと思っていた。しかし、今こうやって目の前で昔の仲間たちと楽し気に話す父の姿は、自分の記憶にもないものだった。

一緒に旅をして、背中を預け合った。自分は全幅の信頼を寄せているし、ベルグリフだって信頼してくれている。

それでも、ベルグリフたち三人の間にある信頼感は、自分とベルグリフの間にあるものとは違うように感ぜられた。それが自分にないのが、何だか悔しいような羨ましいような、片付かない気分である。

そんなものが胸の奥の方でじくじくと疼き、首尾よく大甲冑蟲の抜け殻を手に入れられた後も、アンジェリンは奇妙な思いで胸が締め付けられるような気がした。

一〇〇　地上に戻ってから、アンジェリンが

地上に戻ってから、アンジェリンが何となく上の空なのでベルグリフは心配した。何か瘴気のようなものに当てられたのではないかと思ったのだ。

しかし、実際はアンジェリンの内面の問題である。しかもベルグリフに直接相談できるような代物ではない。昔の友達と仲良くするのが何となく引っかかる、などと言える筈もなく、アンジェリンはひとまず笑顔で誤魔化して、より一層頭を抱えた。

イスタフのギルドマスター、オリバーから頼まれた素材はめでたくすべて集まり、ぽつぽつ『大地のヘソ』から帰ろうという頃になって来た。

大海嘯も概ね落ち着いて来たらしい。どうやって戻るつもりなのか、素材を山積みにした荷車と一緒に出掛けて行く冒険者の集団や、帰り支度をする者たちの姿が目立って来た。代わりに、大海嘯のような物騒な時期を外してやって来る者もいるようで、人の出入りが活発になって来たように思われた。

そんな中、アンジェリンたちは女の子だけで酒場に来ていた。アネッサ、ミリアム、マルグリットとテーブルを囲む。苦労をねぎらう意味もあったし、アンジェリン個人としても、何となくベル

グリフたちと顔が合わせづらいような気がしたのである。

「なんか変だぞアンジェ。お前らしくもねえ」

串焼きを酒で流し込んだマルグリットが目をぱちくりさせた。アンジェリンは大きく嘆息した。

「……変なのは分かってる。どうしたらいいか分かんないの」

「なにがー？」

ミリアムはスープをすすってアンジェリンを見た。

「何と言えばいいのか……」

「なんか、前も似たような時あったな……なんだっけ、シャルたちを連れてトルネラに行く時、だったかな？」

アネッサがそう言ってグラスに酒を注いだ。

そう、確か同じような時があった。あの時は本当の親の話から始まって、ベルグリフが自分に何か隠し事をしているんじゃないかと不安になったのだった。

しかし今は違う。何だか自分がひどく身勝手な気がして、それがとても辛い。

ベルグリフの為だと思い込んでこの旅に付いて来たが、いざベルグリフが目的を遂げて旧友と再会したのを見ると、同じように喜んでやる事ができない。何だか置き去りにされたような気分の方が先行してしまう。ベルグリフ自身は何も変わっていないのに。

「……お父さんの為だなんて言って、わたし自分の事しか考えてない……」

初めから自分勝手な事だと自覚していればまた違ったかも知れない。お嫁さん探しの時は、自分も母親が欲しいという欲望があった分、まだ割り切る事ができた。シャルロッテやビャク、ミトの事だって、自分がお姉さんだという自意識があるから、何の事はない。

しかし今回は本気でベルグリフの為だと思っていたせいで、この感情との差異に余計にダメージがある。

カシムもパーシヴァルも、自分の知らないベルグリフを知っている。同じものを共有して、それを笑って語り合う事ができる。それがひどく羨ましい。

今までは独り占めできていたベルグリフを取られたように感じてしまうのは、思った以上に自分がズルいような気がして、それがアンジェリンを落ち込ませた。

カウンターから追加の酒瓶を持って来たマルグリットがどっかりと腰を下ろした。

「なんだよ、カシムとパーシーに嫉妬でもしてんの？」

「うー……そうなのかなあ？　でも、カシムさんもパーシーさんも好き……」

あの二人が嫌いなわけではない。嫌いだったらまだよかった。

アネッサは眉をひそめた。

「嫉妬するような事じゃないと思うけどな……あの二人とアンジェは違うし、ベルさんがそれでアンジェを邪険にするとは思えないし」

「そうなんだけど……そうなんだけどぉ……」

アンジェリンはコップの酒を一息に飲み干すと、テーブルに突っ伏した。アネッサが嘆息した。

「まあ、今だけだよ、きっと。環境が変わって戸惑ってるだけだって」

「慣れだな、慣れ。あんま気にすんなよ。お前がそれじゃ調子狂うぜ」

マルグリットが笑いながらアンジェリンの背中を叩いた。

今だけだろうか。落ち着く時があるのだろうか。それがどうにも分からず、アンジェリンはため息をついて瓶から酒を注いだ。

アンジェリンは落ち込み気味だが、他三人はそんな事はない。酒が回れば余計に陽気になるというもので、アンジェリンの方も次第に酒気が回って少し気分が晴れて来た。

そこに人影が差した。「あら」という声がして、見るとモーリンが立っていた。器用に両手に幾つもの皿を持って、その上に料理が山盛りになっている。

「皆さんお揃いで」

「モーリンさん、一人？」

「いえ、あっちに、あら？　トーヤ？　おーいー？」

モーリンはきょろきょろと辺りを見回した。向こうの方から、同じように両手に食べ物を抱えたトーヤがふらふらと歩いて来た。

「あ、いた。もー、何してるんですか」

「それはこっちの台詞だよ。なんでいつも一人で行っちゃうかな……あ、どうも」

トーヤはアンジェリンたちを見て、くたびれたように笑った。

相変わらず食の太いモーリンが、市場であれこれと食い物を買い込んで、さて食べようという段だったらしい。

知らぬ仲でもなしと同じテーブルを囲んで、アンジェリンたちも幾らかのご相伴に与る。焼いた肉、野菜と内臓を煮込んだらしいスープ、柔らかな果肉に汁がたっぷり詰まった果実、ジャムを塗った薄焼きのパン、妙にぷるぷるして透明がかった物体など、魔獣から採れたものだけとは思えないほどバラエティに富んでいる。

「これはですね、ボーン・ジャイアントの骨髄だそうです。いやあ、あんな骨だけの魔獣からも食べられるものが採れるなんて、素晴らしいですねえ」

「モーリンさん、これトーヤと二人で食べるつもりだったのー？」

ミリアムが言うと、モーリンは首を横に振った。

「トーヤはあんまし食べないんですよ。だから大体わたしが食べます」

「よくこんなに食えるな……おれは絶対無理」

マルグリットが呆れた表情でコップを口に運んだ。トーヤがため息をついた。

「無理なのが普通だから……モーリン、あんまし買うと金がなくなるよ」

「何言ってるんですか、ここ数日でしこたま稼いだのに。サラザールからの頼み事も済んだんだし、これくらいなんでもないでしょう」

「まあそりゃそうだけどさ……はー、けど大海嘯も終わりかあ。ぼつぼつ帰り支度しないとなあ」

トーヤは肉の切れを口に放り込み、椅子の背もたれに寄り掛かった。ミリアムが空になったコップをテーブルに置いた。

「ねえ、サラザールってもしかして大魔導の？」

「あらま、ご存じ？」

「そりゃそうだよー、〝蛇の目〟のサラザール！　時空魔術の論文、何度も読んだなー……結局わたしの魔法には役に立たなかったけど」

「有名なのか？　大魔導ってカシムの同類だろ？」

「魔法使いの最高称号だからねー、大魔導って。魔法の勉強の時に嫌でも知る事になるんだにゃー、これが。カシムさんの作った並列式魔術の新公式も凄いんだよ」

「へー、カシムってお調子者の馬鹿だと思ってたけど、そうでもないのか」

「マリー、お前凄く失礼な事言ってるぞ……」

「え、そうか？」

「……アンジェリンさん、なんか元気ないけど何かあったの？」

盛り上がっている一同を尻目に、ぼんやりとテーブルを見つめていたアンジェリンは、トーヤに声をかけられてハッと顔を上げた。

「んむ……なんでもない……」

「悩み事ですかぁ？　あ、これおいしー」

「食べるか聞くかどっちかにしなよ、モーリン……話して楽になる事？」

「どうだろう……分かんない」

問題があって、それを解決したいと思っているわけではない。ただ、自分のズルさが嫌になっている。誰かが答えを提示してくれるわけではないように思われた。

マルグリットがこつんと音をさしてコップをテーブルに置いた。

「ベルが――まあ、こいつの親父が昔の仲間と仲良くしてんのが気に食わねえんだとさ」

「気に食わないわけじゃ、ない……けど……」

歯に衣着せぬマルグリットの言葉にアンジェリンは口を尖らしたが、間違ってもいないからやや口ごもった。トーヤは目を細めた。

「ベルグリフさんか……でも、アンジェリンさんとベルグリフさんは親子だろ？　いくら昔の仲間だからって、どうこうなる話でもないと思うけどな……」

「理屈じゃそうなんだけど……」

ムスッとするアンジェリンを見て、トーヤは少し面白そうに笑った。

「ははは、けどいいなあ。そんな風に思えるくらいお父さんと仲が良いってのは……」

「……？　トーヤ、お父さんと仲が悪いの？」

アンジェリンが言うと、トーヤは面食らったように目をしばたたかせた。

「ん、まあ、そうだなあ……よくはない、かな」

「へえ、お前もか。おれも父上大嫌いだぜ」

マルグリットがそう言って、口に咥えた串をぴこぴこ動かした。トーヤは苦笑した。

「まあ、俺の場合何年も会ってないけどね」

「会いたくないの……？」

「そう……だな。別に会いたくない」

「……家族は仲良くしないと駄目だよ」

今の自分がそう言う事がひどく滑稽に思えたが、それでも言った。自分に言い聞かせるような感じだった。トーヤは寂し気に笑った。

「ベルグリフさんみたいな人が親父だったら、そう思えたかも知れないけどね……」

「トーヤ……」

モーリンが妙に心配そうな目をしてトーヤを見た。

トーヤはハッとしたように頭を振ると、取り繕うように笑い、皿の上の肉片をつまんだ。

「や、ごめんごめん。ほら、俺の話は別にいいじゃない。皆はこの後どうするんだい？　いつもの拠点に戻るの？」

黙っているアンジェリンに代わってアネッサが口を開いた。

「どうなるかは分からないけど、ベルさんたち次第かな。まだ捜してる人がいるから」

「言ってましたねえ、サティさんでしたっけ？　エルフの冒険者なんてそういないから、分かりそうなものですけどねえ」

「でもモーリンさんも知らないんでしょー？」

「エルフ領も広いんですよ。西と東は文化も違ってあまり交流がないですし、西の森同士、東の森同士の中でも、集落が違えば一生知らない同士って事もざらですからねえ」

「だよなあ、第一、エルフって引きこもりばっかで暗いっつーの。理屈ばっかしこね回しやがって、バッカみてえ」

「あははは！　マルグリット様、はっきり言いますね！　ひっ、引きこもりって！　あははは、ははは、ははっは、げほっ、げぇほっ！　げほげほっ！」

食べかけたものが喉に絡まったらしい、モーリンは口元を押さえて盛大にむせ返った。マルグリットが「ぎゃー」と悲鳴を上げる。

「きったねえな、コンニャロ！」

「何やってんだか……まあ、大陸の最北部は殆どエルフ領だもんな。無理もないか」

アネッサがやれやれといった面持ちでコップを口に運んだ。ミリアムが果物をかじって、口端から垂れる汁をぬぐった。

「二人は普段どこを拠点にしてるのー？」

「俺たちはキータイのルントウって町を拠点にしてたんだけどね、去年あたりからはローデシアの帝都にいるよ」

「帝都か。じゃあ、ここから帝都に戻るんだ？」

「そうだね。さっきのサラザールって魔法使いから素材を頼まれてて……そうだ、その皆が捜してる人、サラザールなら何か分からないかな？　あの人、遠見の魔法も使えたよな？」

「あー、そういえばそういう魔法もありましたねえ。できると思いますけど、素直に聞いてくれるかなあ……もぐもぐ」

「偏屈なの……？」

アンジェリンの問いに、トーヤは考えるような顔をした。

「偏屈というか……変人かな。俺、未だにあの人が何言ってるか分かんない時あるもん」

「あー……大魔導っぽーい」

ミリアムがそう言ってくすくす笑った。

アンジェリンは頬杖を突いた。もしトーヤたちの言う事が本当なら、それは確かに手がかりになりそうだ。パーシヴァルに続いてサティも見つかれば、ベルグリフの旅も終わる。

そうなったら、どうする？

何の疑いもなくベルグリフの手助けをして来たが、いざ自分の理性と感情の差異が見えて来ると、どうにも足が鈍る。サティと会った時、自分は素直な気持ちで喜んであげる事ができるだろうか。それとも、今のように嫉妬とも羨望ともつかぬ奇妙な気持ちが渦を巻くのだろうか。

そんな風になったら、もうアンジェリンは自分で自分が信じられないような気がした。どの口がお父さんの為だなんて言えたものか。

物思いに耽っていると、伸びて来た指がむにっと頬を突っついた。アネッサが向かいから手を伸ばしていた。

「なに、しかめっ面してるんだよ。眉間にしわが寄るぞ」

「むう……」

アンジェリンはテーブルに顎を付けて脱力した。髪飾りに手をやった。冷たい金属の感触を指先に感じた。

どうにも思い悩み過ぎていけない。答えのない問いをあれこれ考えても仕方がない。思考のるつぼにはまり込むだけである。

いずれにしても、この後の旅路を決めるのは自分ではないのだ。

余計な事を考えるのは止めよう。

皆が言うように、きっと時間が経てば何とかなる。

アンジェリンは嘆息して、空のコップに手を伸ばした。

○

煙管から漂う煙が筋になって頭の少し上をたなびいていた。ヤクモがふうと息を吹くと、口から煙が溢れてはらはらと宙に溶けた。

「もう大海嘯も終わりじゃのう……いやはや、何事もなく済んでよかったわい」

「アンジェたちはどうしたの？」

ルシールが言った。ベルグリフは眺めていた地図から顔を上げた。

「女の子たちだけで出掛けてるよ。たまにはそういうのもいいだろうからね」

「あいしー」

「で、お前らはどうするつもりだ？」

壁にもたれたパーシヴァルが言った。ルシールは目をぱちくりさせてヤクモの方を見る。

「どうする、ヤクモん？」

「どうすっかのう。元々根無し草、金も十分稼いだし、久々にブリョウにでも行くか」

「お魚べいべー。スシ食べたい」

「ブリョウか。大陸の東端だったかな？」

ベルグリフの問いに、ヤクモは頷いた。

「そうじゃの。儂の故郷でもある」

「そんならカリファに出て、ティルディス、キータイを通ってって感じ？」

カシムが言った。ヤクモは煙管を咥えて目を泳がした。

「それが一番分かりやすいじゃろうな。イスタフから山脈伝いにキータイを目指す道もあるが、それじゃとキータイに入ってからまた山脈を越えにゃならんからのう」

「道は色々あるからね……いずれにしてもここからは出るのかな？」

「うむ。もう身を隠す必要もないじゃろうしの。それにここは娯楽がなくて退屈なんじゃ」

「だよなー。まあ、飯は悪くないけど、なんかダンジョンで暮らしてる感じがして、どうも窮屈でいけないいや」

カシムがそう言って伸びをした。パーシヴァルがフンと鼻で笑う。

「情けねえな、慣れれば大した事ねえぞ」

「君が言うと説得力あるな」

ベルグリフはくつくつと笑った。ルシールが薬缶を取り上げてお茶を注いだ。

「ベルさんたちはこの後どこ行くの？　わっつごーいのん？」

「そりゃサティを捜しに行くのさ。なあベル？」

カシムがそう言って髭を撫でた。しかしベルグリフは目を伏せて小さく首を横に振った。

「いや……散々考えたが、俺はトルネラに帰ろうと思う」

「……はっ？　なんで？　だって、ほら、今戻っちゃったら、今度はいつ出られるか分かんないぜ？　いいの？」

「そりゃ、俺だってサティには会いたいさ。だが、ミトの事がある」

カシムは眉をひそめて頬を掻いた。

「じーちゃんからの頼まれ事かい？」

ベルグリフは頷いて、懐から布に包まれたア・バオ・ア・クーの魔力の結晶を取り出した。

「……アンジェとパーシーのおかげで手に入った。グラハムがいるから安心ではあるけれど、また前のような事が起こってからじゃ遅い。サティの事も大事だけど……俺にとってはトルネラも大事なんだ」

すまん、と言ってベルグリフは頭を下げた。カシムは困ったように口をつぐんで髭を捻じった。

パーシヴァルは目を細め、体を動かして姿勢を直した。

「過去を取るか今を取るか、か。お前はちゃんと今を生きてるなあ、ベル」

「そんな大層なものじゃないよ。だが、俺はミトをトルネラに匿った責任があるからね……」

サティには寂しい思いをさせてしまうかも知れないが、とベルグリフは独り言ちた。

ヤクモがふうと煙を吐き出した。

「その魔石、儂らが預かろうか？」

「なに？」

「言ったじゃろ？　どうせ根無し草、目的もなくその日暮らしの生活じゃよ。ブリョウに行こうがトルネラに行こうがなーんも変わりゃせん。ま、儂らが信用できんちゅうなら仕方がないが……」

「い、いやいや、そんな事はないが……」

寝耳に水の話にベルグリフはあたふたした。ルシールが嬉し気にヤクモの肩を抱いた。

「君のそういうトコ、わたしは好きだぜ。耕すのは鍬《すき》だぜ……」

「茶化すんじゃないわい。で、どうじゃ？」

「いい考えだと思いますぞ」

突然別の声がして、仕切りの布をめくってダンカンが入って来た。手に露店の食い物を持っている。

「某《それがし》もトルネラに行きたいと思っておったのです。某が一緒ならば、グラハム殿とも話が通りやすいでしょう」

「ははあ、ダンカンはもうじーちゃんと知り合いだったたっけ。話がこじれなくていいね」

「しばらく起居を共にした仲ですからな、はっはっは！」

「おお、そりゃ儂らとしても心強いわい。ダンカン殿の腕前は見とるし、道案内もしてもらえれば何よりじゃ」

「そいつは丁度いいな。お前らなら任せられる」

パーシヴァルがそう言って、小枝をぱちんと折ってたき火に放り込んだ。ヤクモがくすくす笑う。

「ふふん、おんしは本当に変わったのう。信用してもらえて嬉しいわい」

「りーのんみーだよ、おじさん」

「からかうんじゃねえよ……ま、そういう事なら心置きなくサティを捜せるだろ」

盛り上がり始めた一同を前に、ベルグリフはしばらくぽかんとしていたが、パーシヴァルに肩を叩かれ、ハッとして頭を振った。

「だが……いいのかい？　こっちの都合でそんな風に……」

「無償でやろうなんて言うとらんわい。これは仕事の話じゃ。内容はトルネラへの魔石の輸送。依頼料は応相談じゃが……まあ、世話になったし、友達じゃと思うとるから、ぐぐっと勉強させてもらいますがのう、ふふ」

「翻訳すると、ベルさんたちの事が好きだから、仕事という建前でお手伝いするよべいべ、って事……」

「じゃかあしい、余計な事を言うな」

ヤクモは少し頬を染めてルシールの頭を小突いた。パーシヴァルが大声で笑った。

ベルグリフは頭を掻いた。確かに、ヤクモとルシールにならば安心して任せられる。実力もあるし、機転も利くだろう。そこにダンカンも加われば盤石だ。

トルネラに帰ったら、もう出る事はないかも知れないという思いは薄々あった。この『大地のヘソ』に来るだけでも体は事あるごとに悲鳴を上げた。熱を出して倒れるという失態まで犯している。

だから弱気になって、魔力の結晶を言い訳のようにして帰途に就こうとした、とも言える。

そんな風では、一度故郷に腰を据えては、もう出掛ける事などできないかも知れない。

だから、今回の旅ではサティの事は半ば諦めたようなつもりだったが、思いがけず様々な人が自分たちの再会を願って助けの手を差し伸べてくれる。

ベルグリフは、疲労からか無意識に帰途に就きたくなっていた自分を恥じ、目を伏せた。何だか目頭が熱かった。

「すまん……本当に助かるよ、ありがとう」

「……あー、柄にもないわい。儂は善人でも何でもないっちゅうに」

「なんだよ善人って。仕事の話だろ？　へっへっへ」

「ええい、やかましい。おいルシール、儂の瓢簞《ひょうたん》どこやった」

「昔の人は言いました、お前のものはおれのもの、おれのものもおれのもの」

「また勝手に飲みおったんか、このたわけがあ！」

「きゃー」

「おわあ！　こっち来んなよ、狭いんだから」

身をかわしたルシールがカシムにぶつかって、どたどた、騒がしいくらい場が明るくなって、何だか肩の力が抜けたような心持だった。

だが、仲間たちがここまでしてくれるからには、どうしたってサティを見つけなければなるまい。

決意を新たにしつつも、どうやって手がかりを見つけようかとベルグリフは腕組みした。雲をつかむような話だ。

考え込むベルグリフをよそに、騒ぎの勢いで酒盛りが始まっている。

外から戻って来たイシュメールが、妙に騒がしいのを見て目を丸くした。

「な、なんですか、この騒ぎは……」

一〇一　フィンデールの町は帝都ローデシアに

フィンデールの町は帝都ローデシアに近い事もあって大変な賑わいだ。世界各国から帝都を目指す商人たちの中継地点として機能しており、物品も様々、出入りが多い分だけ活気もひとしおである。

通りの両側には切れ目なく種々の商店が立ち並び、何もない壁の前には露店が構える。それさえもなければ流浪の民の大道芸や演奏隊が立って通行人を楽しませ、いくばくかの投げ銭を得るのである。

そんな下町の商店街を一人の女が足取りも軽く歩いて行く。癖のある明るい金髪を束ね、手には籠を持っている。籠からはパンや野菜が覗き、買い物の最中といった様子だ。

女が魚屋の前に立ち止まると、女将らしい中年女性が額の汗を拭き拭き笑いかけた。

「あら、メイベル。今日も買い物かい？」

メイベルと呼ばれた女はにっこりと笑って頷いた。

「ええ、この小魚ひと籠もらえるかしら？　あとこっちの塩漬けも」

「はいよ！　あんたはいっつも沢山買ってくれるから助かるよ。食堂の方は順調かい？」

「おかげさまでね」

「あたしも暇ができれば行ってみたいんだけどねえ、悪いねえ」

「いいのいいの。お店の方が大事よ」

楽し気な二人の背後から、ざっざっと地面を乱暴に踏む音がした。一人ではない。砂埃を立てながら、帝国の軍服を着た兵士らしい一団が現れた。

「おい」

「え？」

メイベルが振り向いた。

エストガル大公家の三男、フランソワが立っていた。後ろには黒いコートを着た長身の男、その後ろには帝国の兵士たちが控えている。

黒いコートの男は異様な風貌だった。ひっつめて後ろで束ねられたうねりのある長い髪の毛は、元は茶色かったのだろう、しかし年を経たせいなのか色が薄くなり、所々筋になって白髪が走っていた。

皺は深い。しかしまだ老年には至らぬ容姿である。五十の前半、あるいは四十後半といった顔立ちだ。右の目から顎にかけて刀のものらしい一筋の古傷があった。

魚屋の女将が恐縮したようにぺこぺこと頭を下げる。

「て、帝都のお役人様がこんな所に……ど、どういったご用事でございましょう？」

しかしフランソワは女将を一瞥もせずに、メイベルをじろじろと上から下へと見て、口を開いた。

「若草亭のメイベルというのはお前で間違いないな?」

「は、はい、そうですが……あの、わたしが何か?」

「そうか。帝国に対する反逆罪で処刑する」

フランソワが顎で示すと、後ろに控えていた兵士の一人が素早く前に出、腰の剣を引き抜くと、メイベルを袈裟に斬り裂いた。

鮮血が舞い、魚屋の女将が悲鳴を上げる。

メイベルは声を発する暇もなく背中から地面に倒れ伏した。通行人たちが驚いて足を止め、この惨劇を覗き込みながらざわめいた。

「さて……?」

息絶えたメイベルをフランソワは見下ろした。斬り裂かれた胸から血が溢れ、服に滲んで地面に広がる。

魚屋の女将がおびえたように身をすくませ、後ずさった。

「お、お役人さま……この、この子が何を?」

「言っただろう、反逆者だ。若草亭などという店は存在しない」

「え、え、それじゃあ……」

「黙れ。貴様には関係ない事、余計な口を出さずに引っ込んでいろ」

女将は蒼白になって店の奥に駆け込んだ。ムッと鼻を突く血の臭いが漂い始め、周囲のざわめきが大きくなる。フランソワは目を細めた。

「……外れか」

踵を返しかけたフランソワを、長身の男が止めた。

「いや、待て」

メイベルの死骸がまるで糸に吊られるようにして起き上った。その輪郭が霧のように溶け始めたと思うや、風に飛ばされるようにしてそれが吹き払われ、そこには一人のエルフの女が立っていた。

腰まである美しい銀髪を下の方で束ね、麻布でできた東方風の前合わせの着物の上から、ベージュ色のローブを羽織っている。顔立ちはエルフらしい美しさだが、眉は無骨に太くて野暮ったく、それが強気な印象を与えた。

エルフの女はまるで今起きたというような表情で額に手をやり、ふるふると頭を振った。袈裟に斬られていた筈の傷はない。地面に広がっていた筈の血も消え去っている。

ぽつりと呟いた。

「……参ったなあ」

フランソワがにやりと笑った。

「見つけたぞ。大人しく来てもらおうか」

たちまち兵士たちが周囲を取り巻いて剣や槍を突きつけた。

エルフはぎろりとそれらを一瞥すると、小さく手を動かした。途端、兵士たちが悲鳴を上げて倒れ伏す。手や腕、足から血を流し、武器を取り落して呻いた。野次馬たちが悲鳴を上げて逃げ散って行く。

フランソワは目を細めて腰の剣に手をやった。

「一筋縄ではいかんか……」

「待て、私の仕事だ」

長身の男がフランソワを押しのけて前に出た。

エルフ女は男を睨みつけた。

「……あなたたちは初めてだね。あいつらの仲間？」

「答える義務はない」

男は剣を引き抜いた。長く、幅の広いカットラスである。しかし先端が欠けている。エルフ女は大きく息をついて男を見据えた。

「右目の傷に欠けたカットラス……〝処刑人〟ヘクターがあんなやつらに尻尾振るなんてね。Sランク冒険者の名が泣くよ？」

「問答は無用だ。大人しく来るか、手足を失くすか選べ」

「どっちもお断り！」

エルフ女が手を振った。〝処刑人〟ヘクターの構えたカットラスに、斬撃の如き鋭い衝撃が走った。ヘクターは目を見開き、それを押し返すように強く前へと踏み込んだ。カットラスが振り抜かれる。

だがエルフ女はそれをかわし、軽く地面を蹴ってふわりと宙に舞い上がると、張り出した店の軒に足を付けて突っ立った。

フランソワが慌てたように叫んだ。

「いかん、逃げるぞ！」

「逃さん！」

ヘクターはカットラスを地面に突き立てた。先端が欠けているにもかかわらず、剣は易々と地面に突き立った。

途端に、彼の影が水面のように揺れ、そこから鎧を着、武器を持った骸骨が三体、飛び出したと思うや壁を駆け上がってエルフに殺到した。剣が振り下ろされる。

「くぬっ！」

エルフの女は腕を突き出した。剣はその体に触れる前に、見えない刃に阻まれたかのように止まる。エルフはそのまま剣を振るうかのように両腕を交差させた。骸骨たちは鎧ごとまとめて斬り裂かれ、霧のように溶けて消えた。

その後ろから跳び上がって来たヘクターが上段から斬りかかる。エルフは咄嗟に両腕を出して、見えない刃でカットラスを受け止めた。足の下の軒がぎいぎいと音を立て、腕の関節が軋んだ。

「重っ……！」

「甘いッ！」

身を翻したヘクターの蹴りがエルフの脇腹に突き刺さった。エルフ女は体勢を崩し、軒から真っ逆さまに落ちる。しかしすんでの所で受け身を取って地面を転がった。魚屋の台にぶつかり、置いてあった籠がひっくり返り、魚が地面に散らばる。

「いたた……ごめん、魚屋さん……」

休む間もなく、上から更なる剣撃が迫った。エルフは咄嗟に跳び退《すさ》る。しかし左の肩から二の腕にかけて鋭い傷が走り、鮮血が舞った。

「次は足だッ」

後ろ跳びに引くエルフを追って、ヘクターも地面を蹴った。足を狙ってカットラスが振られる。エルフ女は腕を突き出した。見えない刃がカットラスの刀身を受け止めた。だが苦痛に顔が歪む。肩の傷から血が溢れる。

エルフの動きが硬直したと見るや、ヘクターは跳び上がってその肩を蹴り飛ばした。

「あぐっ！」

たまらずエルフ女は膝を突いた。

その首筋にカットラスが突きつけられた。ヘクターが冷たい視線でエルフを見下ろしていた。詰まらなそうな表情である。

「拍子抜けだ」

「ハァ……流石は〝処刑人〟……簡単に逃がしちゃくれないね」

「無駄な事はするな、私からは逃げられん。殺されないだけ有難く思え」

「あはは、怖い怖い……それならぶっ飛ばす事にしようかな」

不意に空気が変わった。先ほどとは比較にならぬほどの殺気を持った見えない刃が周囲から迫るのを感じ、ヘクターは目を見開いて身をかわした。

空間が震える。確かに見えない剣が通り過ぎたのを感じた。

ヘクターは追撃が来るかと身構えたが、即座にそれが間違いであったと悟る。

「しまった……！」

「ごきげんよう、極悪人ども！」

ほんの数瞬で数歩向こうへ距離を空けていたエルフは、いたずら気な笑みを浮かべて胸に手を当てた。するとその姿が陽炎のように揺れて、瞬く間に消え去った。

ヘクターは舌打ちしてカットラスを鞘に収めた。しかし口元には残忍な笑みが浮かんでいる。

「……爪を隠していたか。一瞬とはいえ私が気圧されるとは」

フランソワは憤懣《ふんまん》やるかたないという顔でヘクターを睨み付けた。

「貴様……」

「くく……本当に空間転移まで使うとはな。久々に面白い獲物だ」

「悠長な事を……ようやく見つけ出したというのに、これでは水の泡ではないか。奴も警戒するに決まっているぞ」

「だが籠りきりではいられまい。焦るな」

ヘクターはコートを翻し、踵を返した。フランソワは苦々し気に周囲を見回し、呆然と地面に座ったままの兵士たちに怒鳴った。

「いつまでそうしているつもりだ！　さっさと立て！」

兵士たちは慌てて立ち上がり、取り落した武器を拾い上げた。

『大地のヘソ』からイスタフに下る頃には、もうすっかり秋といった気配だった。

しかし流石は南の地である、陽の射しているうちはまだまだ暑く、昼間はとても外套を着てはいられない。しかし暦の上では、もうトルネラでは短い夏が終わりを告げ、辺りの山々は紅葉して冬支度で忙しくなっているだろう。

ヤクモが懐手をして眉をひそめた。

「根雪が降ると北部には行けまい。トルネラを目指すならば急がねばならんのう」

「ん……ごめんね、急かすみたいで」

「なぁに、それも仕事のうちじゃて、構わん構わん」

ヤクモはからからと笑って煙管を口に咥えた。アンジェリンはふうと息をついてコップのジュースを飲んだ。

『大地のヘソ』からの帰路は来た時の面子に加え、パーシヴァル、ヤクモにルシール、それにトーヤとモーリンまで加わっての大所帯になった上、同じタイミングで戻る冒険者たちと同じ道を辿る事になった為、周囲の警戒なども持ち回りで行う事ができ、左程の苦労もなく終える事ができた。

来る時は指揮官兼警戒索敵他諸々を取り仕切って疲弊してしまったベルグリフも、帰りは腕利きに囲まれて、それほど気を張らずに済んだようである。何よりもパーシヴァルというリーダーがいた。

それでも山から下りて宿に落ち着いた時にはすっかり力が抜けてしまったらしく、今は部屋で休んでいる。もう旅も長くなって来たものの、やはり元は農民である、移動を続ける生活は中々に疲れるようだ。

「ここからだと、カリファ目指して北上して、そのままヨベム方面に行くのが一番手っ取り早いかな？」

カシムが言うと、ダンカンが頷いた。

「そうですな。街道も整備されておりますし、急行の馬車を選んで行けば、かなり早く辿り着けるかと思います」

「カリファか……随分前にうろついたが、賑やかな所だったたな」

パーシヴァルが思い出すように呟いた。ダンカンが顎鬚を撫でた。

「某もここまでの旅で通って来ましたが、今でも賑やかですぞ。人の多さはオルフェンにも比肩しうるかと思います」

「どんな感じなんだ？　イスタフに似てるのか？」

マルグリットが興味津々に身を乗り出した。

カリファは東西南北の交易路が交差する大きな都だ。ティルディス各地の民族や部族の代表、王たちの集う評議会が設置されている場所でもあり、名実ともにティルディスの中心と言って差支えない。

西に向けば公国、南にはイスタフ、北に行けば東部エルフ領との関所、東に向かえばキータイに着く。その上、各民族や部族たちの文化が少しずつ混じり合い、一種独特の雰囲気を放っていた。

ただ、それ以上に人の多さにめまいがする。公国北部の大都市オルフェンに勝るとも劣らず、多文化の交じり合う分、人々の装いも様々で、獣人の姿もよく見られる。その雑多な賑わいはオルフェン以上に感ぜられるという。

カリファの都は、中心こそ石造りの高い建物が立ち並んでいるものの、それ以上に、その周辺に所狭しとひしめく大小の天幕が目を引く。多民族とはいえ、その多くが遊牧の民であるティルディスは、決まった土地に根を生やして暮らす人の方が少ない。その為、彼らは都市の周囲であろうと、自分たちの天幕を張って、そこで起居するのである。そんな天幕が並ぶ場所は住宅街のようになり、また市場のようになっている場所もあるそうだ。

「巨大なキャンプ地、と形容してもいいやも知れませんな」

とダンカンが言った。パーシヴァルが頷く。

「そうだな。騒がしい場所だ。賑やかなのが好きなら退屈はしねえだろうよ」

「へえー、いいなあ。おれも行ってみたい」

「じゃあ、マリーはダンカンさんたちとトルネラに帰る……？」

「だからおれを仲間外れにするなっての！」

マルグリットは頰を膨らましてアンジェリンを小突いた。アネッサとミリアムがくすくす笑っている。ダンカンが磊落に笑って言った。

「まあ、雪が降る前に戻らねばなりませんから、カリファをゆっくり見ている暇はないでしょうな」

「ふふ、ダンカンさんはトルネラに思い人を待たせとるそうじゃから、余計に気が逸るじゃろ」

「む……そ、そうですな」

ダンカンは恥ずかしそうに頬を掻いた。ヤクモがにやにや笑いながら煙管の灰を落とした。マルグリットがけらけら笑う。

「ハンナが待ってるもんな！」

「そっか、ハンナさんなんだよね……お似合い」

アンジェリンは成る程と頷いた。勿論、ハンナはアンジェリンが幼い頃からの知り合いである。亡くなった前の旦那も知っていて、一人でいるハンナの姿が時折寂しそうだなと思っていたので、アンジェリンもこれは歓迎である。

ヤクモが新しい煙草を詰めながら言った。

「いいもんじゃな、そういう相手がいるというのは」

「ベルさんもダンカンさんも同じ」

とルシールが言った。アンジェリンは首を傾げた。

「同じ？」

「会いたい人に会いに行く。愛を訪ねて何千里」

「む、むう……」

巨体を縮めて照れるダンカンを見て、ヤクモはからから笑った。

「ええのう。儂もあやかりたいもんじゃ」

「君が素敵なお嫁さんになるの？」

「……なんじゃいその顔は」

ヤクモは顔をしかめて、信じられないという顔をしているルシールを指先で小突いた。パーシヴァルが小さく呟き込んだ。笑っているようだった。

「ったく、仲の良い奴らだ」

「だよねー」とミリアムが頷いた。

「ゆぶがったふれんど」

「よさんかい」

ルシールが肩に回した手をヤクモがぺんと叩いた。しかしルシールはちっともひるまずに、逆にヤクモの肩に鼻先を擦りつけた。ヤクモは嫌そうに顔をしかめた。

「なんじゃい、べたべたしよってからに。気持ち悪い」

「だって会いに行くほど愛しい人がいないもの。わたしも君も寂しいね」

「やかましい、儂は寂しくなんぞないわ」

「ホント仲良し……」

アンジェリンはくすくす笑う。そうして、少し暗澹とした。他人の幸せはこんな風に素直に喜んであげられるのに、一番好きな筈のベルグリフの幸せに嫉妬を抱く自分が嫌になった。

それでちょっと表情が曇ったらしい。アネッサが怪訝そうな顔をした。

「どうした?」

「ん、なんでもない……」

アンジェリンは誤魔化すように手元のコップを口に運んだ。

ここは宿の食堂だ。客がたくさん詰まっていて、がやがやと賑わっている。エルフのマルグリットに目を付けて声をかけて来る者がいくらかいたが、パーシヴァルのひと睨みでそそくさと立ち去った。

煙草に火を点けたヤクモが辺りを見回した。

「それで、おんしたちはどうするつもりじゃ?」

「確か、帝国に手がかりがありそうなんだったか?」とマルグリットが言った。

「あの小僧の言う事が本当ならな」

パーシヴァルがそう言ってコップを口に運んだ。

「いや、本当だと思うぜ。〝蛇の目〟サラザールならオイラも知ってるからね」

「知り合いなの?」

「うんにゃ、随分昔に少し話した事があるだけ。大魔導同士だったからね。ただまあ、頭は相当いいけど、人に何かしてやる事に一切価値を感じてない感じだったし、助けてくれるかねえ……」

「そういうタイプか。厄介だな」

パーシヴァルが椅子の背もたれに寄り掛かった。カシムは頷いた。

「うん。もし人捜しに協力してくれるような奴だったら、昔のオイラなら間違いなくベルを捜してもらったからね。そもそも話が嚙み合わなくなったりするんだよ、途中から自分の思考に入り込んじゃってさ」

「なんだよ、大魔導ってそんなのばっかしなのか？」

「ちげーよ馬鹿。オイラを見ろ、オイラを。まともだろ？」

「まともねえ……？」

マルグリットはにやにやしながら指先でテーブルをこつこつ鳴らした。カシムはにやりと笑って指先をくるくる回した。マルグリットの髪の毛が浮き上がってくるくると捻じれてもつれる。マルグリットは慌てたように暴れる髪の毛を引っ摑んだ。

「うわあ、何すんだ馬鹿！」

「へっへっへ、もっと年上を敬えよぉ」

「……まあ、まともかどうかで言えばまともじゃねえな、カシムは」

「あ、パーシーまでそんな事を！　ま、大魔導に偏屈が多いのは否定しないけどさ。なあ、ミリイ？」

「だね！　うちのクソババアも偏屈で困っちゃう！」

「あのなあ……マリアさんに言いつけるぞ、お前」

「いいもーん、事実だもーん」

ミリアムは泰然としたものである。アネッサはやれやれと首を振った。

アンジェリンはジュースを一口飲んだ。

「……だからトーヤたちに紹介してもらう？」

「だな。上手く行けばいいけど、あいつらそんなにサラザールと仲良しなのかねえ……へっへっへ、けどあいつを初めて見ると驚くぜ。見るだけでも価値あると思うね」

「えー、どんなの、どんなの？」

「そいつは秘密。その方が楽しいだろ？」

好奇心に目を輝かせるミリアムを手で制してカシムはからから笑った。マルグリットが嬉しそうに笑った。

「じゃあ次の目的地は帝都か！　へへ、楽しみだなあ」

「イスタフからだとどれくらいかかな？」

アネッサが地図を広げる。

イスタフはティルディス領だが、ダダン帝国やルクレシアにも近い。ひとまずは山脈沿いに西進し、ルクレシアとローデシア帝国の接する町を目指すのがよさそうである。

広い街道であるし、行商人たちの行き来も盛んであるから、おおよそひと月もせずに国境までは辿り着けそうだ。そこからは町をいくつか経由して帝都へと向かう。

ダンカンが空いた皿を重ねながら言った。

「東からの商人の往来のおかげで帝都までの道は整っておりますし、それほど旅路に苦労はありますまいな、イシュメール殿？」

「そうですね、乗合の馬車も多く出ていますし、隊商や行商人の護衛の仕事も多い筈です」

「イシュメールさんも帝都に帰るんですよね？」

アネッサの問いにイシュメールは笑って頷いた。

「ええ。皆さんと一緒だと旅も安心ですよ」

「昔の人は言いました。旅は道連れ、世は情け容赦なし。つらい」

「おんしは黙っとれ」

サラザールに会うならば、トーヤとモーリンの紹介も要るだろう。となれば二人も一緒という事になる。またしても大所帯の旅になりそうだな、とアンジェリンは思った。

ルシールが帽子をかぶり直した。

「サティさんが見つかるといいね、おじさん」

「そうなってくれりゃありがたいがな。そう簡単に行くとは思っちゃいねえが」

ヤクモが懐手をしてもそもそと身じろぎした。

「ここにおっては分からんが、冬が近づいておるからのう。おんしらが帝都に行くならば、トルネラへは春が来るまで戻っては来れまいよ」

「オルフェンで会ったのも冬だった。いんざうぃんたあ」

「そっか。そうだよね」

とアンジェリンは頷いた。ヤクモとルシールとは、冬の終わり頃、トルネラに帰る乗合馬車で初めて会ったのだった。尤も、後になって彼女たちはシャルロッテを追っていた事が分かったので、偶然ではなかったわけなのだが。

　ルシールが鼻をひくひくさせた。

「シャルに会えるのが嬉しい……あの子はとってもいい匂い」

「シャルたち、元気かな……」

　ボルドーで切った髪の毛も、もう随分伸びたのではないだろうか。そんな事を思う。ミリアムがくすくす笑った。

「グラハムさんもいるし、楽しくやってるんじゃないかにゃー？」

「ああ、トルネラには〝パラディン〟がおるんじゃったか……」

　ヤクモが何となく片付かない顔をした。

「よもや生きた伝説に会う事になろうとは思いもせんかったわい。何だか柄にもなく緊張するのう」

「別におじいちゃんは怖くないよ……？」

「いや、こえーぞ、大叔父上は」

「それはマリーが姪孫だからだろ。わたしらは怖いと思った事ないぞ。いつも子供たちに囲まれてるし」

　とアネッサが言った。イシュメールが面白そうな顔をした。

「〝パラディン〟は子供が好きなんですね。何だか、孤高の存在というイメージがあったんですが」

「ええ。我ら冒険者からすれば威厳のある姿ですが、子供たちには懐かれております。本人もそれが嬉しいようで。いやはや、あのような暮らしをしていると、自分が冒険者である事を忘れるような気がいたしますな」

ダンカンはトルネラでの暮らしを思い出しているらしく、口端を緩めていた。ダンカンはずっと放浪の武芸者として各地を転々としていたそうだ。そんな彼にとってトルネラでの暮らしは穏やかで落ち着いたものだったろう。

冒険者になる者は、大概そんなものが退屈で生まれ故郷を飛び出す筈なのに、どうしてそこに親しみを感じるのか、考えてみれば不思議である。

ヤクモが煙管に煙草を詰める。

「冒険者の頂点である筈の〝パラディン〟も、行き着く先は子供に囲まれた静かな生活か。奇妙なもんじゃの。ま、年を取ると昔のように動けなくなるのも分かるが」

「くたびれるのさ。単純にな」

パーシヴァルがそう言って欠伸をした。アンジェリンは小首を傾げた。

「パーシーさんもくたびれた……？」

「俺の場合は嫌になろうがくたびれようがこれ以外出来ん。まあ、ベルと再会してから、がくっと力が抜けた感じはあるけどよ」

「別に悪い事じゃないと思うぜ、オイラは」

「まあな。しかしまだ気を抜くわけにゃいかねえだろ。サティを見つけなけりゃな」

「目的が明確なのはええもんじゃな。儂らのような根無し草は、時に何の為に放浪しておるのか分からなくなる時がある」

「刺激を求めてとか、見た事のないものを見る為じゃねえのか？」

マルグリットが言うと、ヤクモは煙をくゆらせながら小さく首を振った。

「若い頃はそうじゃったが、段々と刺激にも新しいものにも慣れてしまうのよ。それでも放浪を止められん。心の中では何かを求めておるんじゃが、それが何だか分かりゃせんのよ」

「某もそう思う事が増え申した。三十数年生きて来て、その半分以上を冒険者として過ごしたのですが、何か、ここにはないものを求めてさまよっていたように思うのですが……それが何だったのか結局分からず仕舞いで」

「素敵なお嫁さんを探してたんじゃない？　ゆふぁいんだらぶ」

ルシールがいつの間にか取り出していた六弦をちゃらんと鳴らした。パーシヴァルが呵々と笑った。

「お前は見つけたからトルネラに行くんだろうよ。そんな事じゃ嫁に呆れられちまうぞ」

「む、むう……」

ダンカンは恥ずかしそうに体を縮こめた。

カシムが伸びをして山高帽子をかぶった。

「さーて……ぼつぼつギルドに行こうかね、アンジェ」

「そだね」

ギルドマスターのオリバーに会わねばならない。受けた依頼の精算も必要だし、サラザールという手がかりを得た今も、ひとまずサティに関する情報を尋ねておきたいと思う。

心のもやもやは、目の前の出来事に集中する事で紛らわしている。何だかんだといって、ベルグリフと話すのは嬉しいし、パーシヴァルやカシムと話している所に交ざるのも面白くはある。今みたいに皆で話をしているのは素直に楽しい。

自分はどうして冒険者になったんだっけ、とアンジェリンは思った。自分の場合は単純にベルグリフに憧れて、褒めてもらいたいと思ったからだった。その最も身近にいた筈の憧れが、不意に遠くに行ってしまうような気がする。表には旧友との再会を手助けする事を喜びとしているけれど、内心は複雑だ。カシムが現れ、パーシヴァルが現れ、ベルグリフの過去の輪郭が次第に明瞭になって行く程に、そこに自分の姿がない事が寂しいような気がした。

比較しても仕方がない事なのに、ベルグリフに取って、昔の仲間と自分と、どちらの思い出が大切なのだろうなどと妙な事を考える。そんな事はないと思っても、ベルグリフの過去への思いで、自分がないがしろにされはしまいかと思ってしまう。

不安だった。その為に、脈絡なく無駄にベルグリフに甘えてみたりもした。抱き付いてみたり、抱っこをねだってみたりした。その度にベルグリフは前と変わりなく、苦笑交じりながら優しく応じてくれた。

変わらない父親の姿に、その時は安心するのに、そうやって無理矢理に明るく塗られたその後ろで、そうじゃない、という声はずっと呟き続けている。だからか、甘えたすぐ後なのに、奇妙に素っ気なくなってしまったりして、自分でも不安定だなと思う場面が何度もあった。

問題を先に延ばしているだけだろうかと思う。けれど、他にどんなやりようがあるだろう?

「アンジェ、行くぞー」

ぼーっとしてしまったらしい、カシムに呼ばれてアンジェリンはハッとして頬を軽く叩いた。立ち上がって首を回す。

「……お父さんの事よろしくね、パーシーさん」

「別に病気じゃねえからな。ま、何か元気の付くもん食わしてやりゃいいだろ。にしてもベルめ、一人だけ年寄り気取りやがって……俺と同い年だぞ、あいつは」

「おじさん、何歳?」ルシールが目をぱちくりさせた。

「あん? あー……四十……忘れた」

「あらら、忘れるくらいのお歳ですかにゃー?」

ミリアムがくすくす笑った。パーシヴァルは眉をひそめ、数えながら指を折る。

「……四十は過ぎてる筈だが……四だったか五だったたか……まあいいや。俺は市場に行く」

「買い物か!? おれも行く、おれも行く!」

マルグリットが足をぱたぱたさせた。

「分かった分かった、うるせえな」

騒がしい姪っ子でも相手にするかのようなパーシヴァルの口ぶりに、アンジェリンはくすくす笑った。

イスタフのギルドは賑わっていた。大海嘯後の希少な素材が持ち込まれているのだろう、裏事情を知る商人や関係筋が押しかけて大変な騒ぎだ。公にはされていないが、イスタフの経済は『大地のヘソ』に拠る部分も大きいのであろう。

尤も、わざわざここで売らずに普段の拠点に持ち帰ってより高値を付けようという連中も多いようで、『穴』に集まっていた冒険者の数にしては、素材の数は少ないように思われた。その少ない素材の争奪戦が起こっているようだ。

そんな騒ぎを尻目に、アンジェリンはカシムと連れ立ってギルドマスターの部屋に行った。

オリバーは執務机に座って書類に目を通していた。

二人が案内されて部屋に入ると、オリバーは顔を上げておやという風に微笑んだ。

「これはこれは……無事で何よりです」

「こんにちは、オリバーさん……これ、ありがと」

アンジェリンは机に歩み寄って、オリバーから借りた魔水晶錐を置いた。オリバーはにっこり笑ってそれを指でつまみ上げた。

「役に立ったなら何よりですよ。それで、素材の方は……」

「ここの副長に預けてあるよ。査定してもらってる。全部ある筈だけどね」

「や、ありがとうございます、これで結界用の魔導球が増やせます……代金は査定額が確定したらすぐにお支払いしますよ」

「うん……あのね、ちょっと聞きたい事があるの。いい？」

「ふむ？　構いませんが、何を？」

「人をね、捜してるの」

オリバーは目を細め、二人に来客用の椅子に座るよう促した。

「人捜しですか。どのような方ですか？」

「エルフなんだよ。サティって名前の女」

「エルフ……」

オリバーは眉をひそめて腕組みした。

「エルフの女性なら……少し前に少年との二人組の方が」

「あ、そいつらじゃないんだよ」

トーヤとモーリンの事だろう。『大地のヘソ』で邂逅し、帰途も一緒だったと言うとオリバーは肩をすくめた。

「成る程、もうお知り合いだったわけですね……」

「他には情報なし？」

オリバーは少し考えるように視線を泳がしたが、やがて目を伏せて首を横に振った。

「お力になれず申し訳ありません」

「ううん、ありがと……とっても助かりました」

アンジェリンはぺこりと頭を下げた。カシムが「へえ」と感心したような顔をして見ている。

○

深く息を吸い、吐く。

ベッドに腰かけて軽く瞑想をしていると、こんこんとドアがノックされたので、ベルグリフは目を開けた。ドアの向こうから声がした。

「ベルさん、起きてますか？」

「アーネかい？　起きてるよ」

ドアが開いてアネッサが入って来た。

「調子はどうですか？」

「ゆっくり休ませてもらったから大丈夫だよ。ありがとう」

「そっか、よかった……」

アネッサはホッとしたような顔をして、手近な椅子に腰を下ろした。

「皆、市場に買い物に行きました。アンジェとカシムさんはギルドに」

「ふむ？　君は行かなかったのかい？」

「あ、はい。ベルさんの具合が悪かったら困るなって思って留守番です」

そう言ってアネッサはいたずら気に笑った。ベルグリフは苦笑して頭を搔いた。

「すまんなあ、気を遣わせちゃって」

「いえいえ……あ、お茶、淹れますね」

アネッサは木のボトルから冷たいお茶をコップに注いだ。

「帝都に行く事になりそうですね」

「そうだね。いやはや、長旅だ……」

「あはは、ベルさん丈夫そうなのに、やっぱり旅だと疲れ方が違うんですかね？」

「そうかもな……違う寝床ってだけでも落ち着かなかったりするからね」

アネッサはくすくす笑って、コップをベルグリフに手渡した。

「パーシーさんが不満そうにしてましたよ。同い年の癖に年寄りぶりやがってって」

「あいつと比べられちゃたまらないよ。まったく、皆して俺を変に持ち上げるんだから……」

ベルグリフは困ったように笑い、お茶を一口すすった。冷たくて胸に染み入るようだ。

互いにお茶を飲んで、しばらく黙っていたが、やがてベルグリフが顔を上げた。

「アンジェの様子が変なんだ」

アネッサがどきりとしたように表情を強張らせた。

「変、ですか？　どんな風に？」

「妙によそよそしいというか、少し距離を取ろうとしているというか……かと思ったら突然べたべたして来たりして……不安定な感じがするんだよ」

「ん、む……」

アネッサはもじもじとつま先を擦り合わせながら、コップに口を付けた。

「……あの子が親離れの時を迎えているのなら構わないんだが、もし他の、何か変に思いつめている行動だとしたら、苦しいだろうと思う。いや、前も似たような事があってね。また何か悩んでいるのかと思うと気になって……アーネ、何か知らないかい？」

「……ベルさんは何でもお見通しですね」

アネッサは困ったように笑って頬を掻いた。

「ただ、わたしから話すべき事なのか、それは分からないです。あいつもあいつなりに色々悩んでるみたいで……」

「そう、だな。あの子も考える事があるんだろうが……俺も過保護で困ったもんだな」

「ふふっ……でも、アンジェがベルさんの事が大好きなのは変わってませんよ。だからこそ、環境の変化に戸惑ってる、そんな感じがします」

「……俺もあの子も狭い世界で生きていたからな。正直、カシムやパーシーともう一度会えたのが信じられないよ。この二年ばかりで世界が随分広がった」

「不思議ですよね、人の縁は……でも、アンジェにはそれが戸惑いになってるというか……あ、いや、すみません、なんでも……」

口が滑った、というようにアネッサはわたわたと取り繕った。何となく察したベルグリフは小さく笑った。アンジェリンの親ではなく、カシムとパーシヴァルの友人としての自分というのは、確かにアンジェリンには馴染みがないだろう。

「……慣れ親しんだものが変わって行くのは、確かに怖い時もあるな」

「あ……う……」

アネッサはしゅんとして小さくなった。結局ばらしてしまったと思っているらしい。

ベルグリフは手を伸ばし、アネッサの肩をぽんぽんと叩いた。

「親ってのはさ、思った以上に子供にしてやれる事は少ないんだ。悩んだ時、辛い時は友達が支えてくれる事ばっかりだ……まあ、恋人がいればそれに越した事はないんだが」

「あはは……そうかも知れませんね」

「アーネ。君やミリィのおかげでアンジェの世界も広がったんだと思うよ。これからもあの子の友達でいてやってくれな」

「……もちろんですよ」

アネッサは照れ臭そうに頬を染めて微笑んだ。

ベルグリフは自分の過去に思いを馳せた。

両親とも早くに亡くし、村の大人たちが親代わりだった。優しくしてもらったが、寂しさを埋め、気兼ねなく接してくれたのはケリー達友人だった。

そして冒険者になろうとオルフェンに出て、数々のパーティを渡り歩き、いよいよパーシヴァルたちに出会った。自分の価値を認められなかったベルグリフを認めてくれたのは、やはり友人たちだった。

アンジェリンも少しずつ自分の手から離れて行こうとしている。彼女の周りには尊敬できる大人も頼れる友人もいる。支えてくれる大勢の人に囲まれているのは、親としてもありがたい事だ。

そんな親離れの時期を迎えている子供に、親が何をしてやれるだろう？

考えてみたが、分からない。何をしたって余計なお世話だろう。

アンジェリンの悩みが、自分にまで伝染して来るようで、ベルグリフは眉をひそめて考え込んだ。

だが、アンジェリンが少しずつ、親の考えに依存するのではなくて、自分の考えや感情を自覚して来た事は、ベルグリフにも好ましいように思えた。それを邪魔するつもりはない。

しかしそれでもやはり少し寂しいような気がする。

親ってのは面倒だな、とベルグリフは苦笑して髭を捻じった。

一〇二　ニンディア山脈から吹き下ろして

ニンディア山脈から吹き下ろして来る風が砂埃を舞い上げて、イスタフの町中を通り抜けて行く。

季節が次第に秋に向かって行くにつれ、元々乾燥気味だった土地柄が余計に乾いているらしい。

細かな埃が喉を突くのか、パーシヴァルが大きく咳き込み、匂い袋を口に押し当てた。

「パーシー、大丈夫か？」

「げほっ……くそ、こう埃っぽいと堪らねえな」

「ここらは乾燥気味じゃからな。秋にもなれば尚更よ。ふふ、〝覇王剣〟にも弱点はあるもんじゃのう」

「おじさん、飴ちゃん食べる？　それともしぇけなべいべ、する？」

「いらねえよ。自分で持っとけ」

パーシヴァルは手を伸ばして、ルシールの肩をぽんぽん叩いた。カシムがくつくつと笑った。

「ワンコはパーシーがお気に入りだねえ」

「うん。おじさん、寂しい？」

「ああ、寂しいぞ。滅茶苦茶寂しい。涙が出そうだ。お前はどうなんだ？　ん？」

パーシヴァルはにやにや笑いながらルシールの垂れた犬耳をつまんでぱたぱた振った。ルシールは頬を染めて目をぱちくりさせた。

「寂しい……おじさん、またしぇけなべいべ、しようね」

「おお、トルネラで待ってろ。風邪引くなよ」

パーシヴァルはそう言ってわしわしとルシールを撫でた。ヤクモが変な笑いを張り付けて呟いた。

「絵面が犯罪的じゃの」

「パーシー、年下が好きなの?」

とカシムがにやにやしながら言った。パーシヴァルは呆れたように嘆息した。

「お前らはまたそういう事を……」

皆が愉快そうに笑った。

広場には乗合の馬車が幾つも並んで、出発するものもあれば、今来たばかりのものもある。どれも人や荷物が満載で、ただでさえ人でごった返しているのが余計にやかましい。向こうの方で車輪の付け根がどうかなったらしい、荷物を満載した大きな荷車からぎいぎいと大仰な音がして、数人が後ろからぐいぐい押しているが埒が明かない。持ち主らしいのがイライラした様子で何か怒鳴っている。

ダンカンが荷物を背負い直した。

「ではベル殿、確かにお届けいたします。しばしの別れですな」

「すまないなダンカン、ありがとう。道中気を付けて」

「はっはっは、ヤクモ殿たちもいらっしゃいますし、心配は無用ですぞ。無事、サティ殿と再会できる事を祈ります」

「ああ、頑張るよ。グラハムたちによろしくな」

「お伝え申す。イシュメール殿、お世話になりました。機会があれば貴殿も是非トルネラに」

「はは、少し遠いですが……いずれ遊びに行きたいですね」

イシュメールは笑ってダンカンの手を握った。

ヤクモが煙管を取り出して口に咥えた。

「さあて、上手く雪の前に到着しても出られるのは春か。南で稼いで北で休暇じゃの。ゆっくりさせてもらう事にしよう」

「でもヤクモさん、トルネラは遊ぶ場所ない……」

アンジェリンが言うと、ヤクモは顔をしかめた。

「むぬ……確か北の辺境じゃったか。仕方ないな、途中で色々仕入れて行くか」

「ボルドーの焼き菓子、おいしかった。エールもおいしかった」

「途中のロディナという村は豚肉が有名ですぞ」

「そりゃええの。しかし辿り着く頃には寒くなっとるじゃろうなあ、蒸留酒を沢山持って行きたいのう」

雪に閉ざされる前に辿り着くつもりなら、かなり急がなくてはならない。しかし三人とも旅慣れた腕利きの冒険者だ。任せておけば安心だろう。

別れを惜しみつつも、三人の乗った乗合馬車が広場を出て行くと、今度は自分たちの番だという気分になった。

ベルグリフは大きく息をつき、辺りを見回した。相変わらず馬車が行ったり来たりして、たいへん賑やかである。さっき騒いでいた大きな荷車も何処かへ行った。

ふと見ると、アンジェリンが何となく寂し気な顔をしていた。ここのところ様子が変なのも手伝って、少し気にかかったベルグリフは、アンジェリンの肩に手を回して抱き寄せた。そうしてやや乱暴にくしゃくしゃと頭を撫でる。

アンジェリンはくすぐったそうに体をよじらした。

「ひゃわわ」

「そんな顔するな、アンジェ。お前がそれじゃあお父さんも不安になるぞ」

「……えへへ」

アンジェリンは嬉しそうにベルグリフの胸に頭を擦り付けると、ひょいと顔を上げた。

「いつ出発……？」

「トーヤ君とモーリンさんを待たないといけないからな……」

「あいつら何してんだろうな？　なあ、おれ腹減った。何か食おうぜ」

「ひとまず宿に戻るか。ここは埃っぽくていけねえ。ごほっ」

パーシヴァルが顔をしかめて咳払いした。カシムが同意して頷く。

「どっちみち荷物をまとめないとだしね。トーヤたちも都合がついたら宿に来るでしょ」

それでは、と一行は宿に戻り、部屋に分かれて荷物を点検した。

マンサから山脈沿いに下る道や、『大地のヘソ』を目指す旅とは違って、それほど大がかりに野営の支度をする必要はない。広い街道を通り、おそらく商人の類も多いだろう。最悪、金さえあれば水も食料も調達できる。

しかし、それでもベルグリフは来た時と同じように大きな鞄に鍋やフライパン、水筒を下げ、中には携帯食料や薬、包帯に布、諸々の小道具などを詰めた。重さや壊れやすさ、使う頻度などを考えて順番に入れて行く。

ベッドに腰かけたカシムが面白そうな顔をしている。

「懐かしいなー、昔もこうやってベルが支度してるのを横で眺めてたっけ」

「そうだな。俺らも手伝おうとしたけど、ベルの手際がいいから結局見てるだけでよ」

自分の小さな鞄に荷物を詰め終えたパーシヴァルが言った。

「そうだったか？　でも自分の道具なんかはそれぞれで管理してたじゃないか」

「最低限のものはな」パーシヴァルは自分の鞄を持ち上げた。「でもいつも大荷物はお前が持ってたじゃねえか」

「言わないでも必要な時に必要なものをさっと出してくれたもんね」

「はは、適材適所だよ。いざとなった時、君たちが大荷物を担いでちゃ戦えないだろ。俺が担ぐのがパーティの効率としては一番よかった。それだけの話さ」

「うん、そうだな。純粋な戦闘力で言えばお前は確かに一番弱かった」

パーシヴァルがしみじみ言った。カシムが噴き出した。

「へっへっへ、はっきり言うねえ。けど今はどうだろうね？」

「お前はベルに負けるか？」

「うんにゃ。ベルには悪いけど、負ける気しないね」

「俺もだ。つまりそういう事だ」

「分かってるよ、そんな事は……」

ベルグリフは苦笑して頭を掻いた。歯に衣着せぬとはこの事だ。しかしそれが妙に心地よかった。変に持ち上げられるよりも気が楽である。パーシヴァルも次第に態度にぎこちなさがなくなっていて、とても落ち着いて来たように思われた。

「だが、ベルが荷物を持ってるのが一番安心だったな。俺たちだったら戦うのに夢中で何か壊したりなくしたりしてたような気がする」

「あー、あり得るねー。パーシーもサティも戦いが始まるとそっち優先になっちゃうんだから、もう」

「お前も似たようなもんだろ、常識人ぶるなよ。なあ、ベル？」

「はは、そうだな。カシムも大概だったよ」

三人は愉快そうに笑った。

カシムがふうとため息をついて山高帽子をかぶり直した。

「サティはどうしてんのかな……」

「そいつを確かめに行くんだ。会えたらまず謝って……今度こそ決着をつけてやる」

パーシヴァルはそう言って笑った。ベルグリフは微笑む。そういえば、結局パーシヴァルとサティの模擬戦は引き分け続きだったっけと思う。

『大地のヘソ』でパーシヴァルの実力を見た今は、どちらが強いかなど分からないけれど、やはりサティ相手のパーシヴァルは、相打ちになって頭を押さえ、痛みに歯を食いしばっていた姿が思い起こされた。

カシムが後ろ手に手を突いて言った。

「剣を磨いたのかな？　それとも魔法に行ったかな？」

「どっちの才能もあったからな、あいつは……案外両方を合わせて独自の技を身につけてるかも知れねえぞ」

「へへ、あり得るねえ……元気だといいなあ」

「そう簡単にくたばるタマじゃねえだろ。どうせ飄々と暮らしてるよ」

軽口を叩きつつも、カシムもパーシヴァルの口ぶりには不安を吹き飛ばそうという、強がりにも似たものを感じた。なにせ、今彼女がどうしているかはまったく分からないのである。

無論、ベルグリフだって最悪の想像をしていないわけではない。しかし口に出せば本当になりそうだから、言わない。

過去に思いを馳せるほどに、こうやって歳を取った仲間たちといる事が何だか夢のように思えた。

三人とも皺は増えたし、髭が生えたり髪が伸びたりしている。それでも、話をするとまだ少年の時の気分が浮き上がって来るような気がした。

だからこそ、サティを見つけなければならない。そうなって初めてベルグリフだけでなく、パーシヴァルもカシムも過去を清算する事ができる。

ふと、アンジェリンの事を思う。彼女が大人になった時、いずれアネッサやミリアム、マルグリットなんかと昔を懐かしむ事があるのだろうか。

彼女も幸いにして良い友人に恵まれた。今は子供から大人への過渡期なのだろう。

アンジェリンが四十になれば、自分はもう六十半ばを越している。生きているかも分からない。そんな先の事でないにせよ、そういつまでもお父さんお父さんと甘えてばかりもいられない筈だ。

そうなったら自分も何かが変わるだろうか。しかし想像するのは難しい。

未来を想う事は心が高揚もするが、少し寂しくもある。頭で理解する事と、感情が理解する事は少し違うらしい。四十年以上生きて来ても、悩んでばっかりだとベルグリフは目を伏せた。

窓の外で馬が甲高くいないた。馬子の声がした。

鞄に詰める薬の瓶を持ったままじっとしていると、パーシヴァルが怪訝そうな顔をして言った。

「どうした、手が止まってんぞ」

「ん、ああ……ちょっと考え事を……」

「アンジェの事でしょ」

ベルグリフはぎょっとして身を強張らせた。カシムがからから笑う。

「図星だ、図星」

「なんか悩み事か？　喧嘩でもしたか？」

「……あの子もぼつぼつ親離れの時期かも知れないと思ってね」

「ふうん？」

「そうか？　俺はまだ出会って日が浅いから知らんが……あれで親離れしそうな雰囲気なのか？　さっぱり分からんが」

パーシヴァルはベルグリフに甘えるアンジェリンを思い出しているらしい、変な顔をして首を傾げている。ベルグリフは苦笑して頭を搔いた。

「まあ何というか……色々あるんだよ」

「でもアンジェはオルフェンで立派にやってるじゃない。親離れなんてとっくにしてるんじゃないの？　親が嫌いになるって意味じゃないでしょ、親離れって」

「俺はアンジェくらいの歳には自分の親なんぞ大嫌いだったぞ」

「パーシーには言ってないよ。オイラなんか親の顔も知らないぜ？」

「それこそ何の関係もないじゃねえか、馬鹿。第一、アンジェがベルを嫌いになる理由があるのかよ」

「ないでしょ」

「親元から離れて自立して暮らすって意味なら、Sランク冒険者はとっくに親離れだろうよ。お前の言う親離れって何だ、ベル？　アンジェが甘えなくなるって事か？」

「ん、む、まあ、そうだな……」

ベルグリフは何とも言いあぐねて顎鬚を捻じった。別に完全に甘えるのをよせというわけではない。はっきりと言葉にできるわけではないが、親心の微妙なものがあるのである。

その時扉が開いて、アンジェリンがひょっこりと顔を出した。

「マリーが腹ペコだから、市場に行って来る……欲しいものある？　お父さん」

「そうだな……携帯用のビスケットがあったら二袋ばかり買って来てくれるか」

「ん！　行って来ます」

「ああ、行ってらっしゃい。気を付けてな」

ぱたんと扉が閉まった。

ベルグリフがふうと息をついてふと見ると、パーシヴァルとカシムがにやにやしていた。

「俺らにはなんも聞かねえでやんの。なーにが親離れだよ」

「まあまあ、アンジェはベルが大好きなんだから仕方ないよ。こればっかりは変わらないね」

「何言ってるんだ、もう……何か欲しかったのか？」

「いや？」

「別に何も」

「……まったく」

ベルグリフは呆れたように嘆息し、荷物に向き直った。

二人はくすくすと忍び笑いを漏らしている。

○

風が弱まったせいか、砂埃はやや勢いを落としていたものの、足の下で踏まれた細かな砂が舞い上がり、人通りの多い往来は人影が霞むくらいだった。オルフェンもそういう時はあるが、イスタフは乾燥地帯とだけあって、砂煙の勢いもひとしおだ。

「うへえ、これじゃパーシーさんじゃなくてもきついねー。なんか今日は特に乾燥してる気がするー」

「喉がイガイガする……早く出発してぇな」

「ルシール達、無事に辿り着けるかな……」

「大丈夫だろ。ダンカンさんはあちこち旅してたんだし、ヤクモさんもルシールも流れの冒険者だったんだから、旅に関してはわたしたちよりも慣れてる筈だぞ」

「こんなとこで話してないで、早くどっか座ろうよー。喉が渇いちゃう」

あまり乾燥地帯に馴染みのない少女たちは顔をしかめて、それでも何か食べ物を探して露店の間を歩き回った。

砂埃でけぶっていても、あちこちからいい匂いのするのは変わらない。肉汁が炭火に落ちて立つ煙や、スープの大鍋の蓋を開けた時に立ちのぼる湯気などが、砂埃に混じって漂った。

アンジェリンはきょろきょろと辺りを見回して、携帯用のよく焼いたビスケットを買った。かりかりに硬いが日持ちするから、旅や長期の依頼の時には重宝する。ここで売っているビスケットはオルフェンのものとは少し質が違うが、それでも旅人の行き交う都である、きちんとしたものがあった。

　頼まれた買い物を済ました後、串焼きの肉に、鶏肉と豆を煮たスープと薄焼きパン、それに薄荷《はっか》水《すい》を買って、露店の裏のテーブルに座った。布が下げられて、多少なりとも仕切りになっているからそれほど砂に顔をしかめる事もない。

　すっかり腹が減っていたらしいマルグリットがうまそうに串焼きを頬張り、豆を口に運び、薄パンをスープに浸して食べている。

　向かいに座ったアンジェリンはそれをぼんやり眺めた。

「……なんだよ、食わねーの？」

　見られているのに気付いたらしいマルグリットが首を傾げた。アンジェリンは思い出したように匙《さじ》を握った。アネッサが少し心配そうに眉をひそめる。

「まだ悩んでるのか？」

「そういうわけじゃない……サティさんってどういう人かなって思って」

　アンジェリンはそう言って匙に載せた豆をぱくりと口に入れた。しっかり煮こんであって、舌と上顎だけで潰せるくらいに柔らかい。ミリアムが薄パンをちぎった。

「エルフだもんね。きっと綺麗な人だろうにゃー」

「そうだな。マリーもモーリンさんも美人だもんな」

　三人の視線がマルグリットに集まった。

「……なんでこっち見んだよ」

マルグリットは照れたように視線を皿に落として、黙々と匙を口に運んだ。耳先が少し朱に染まっている。ミリアムがくすくす笑う。

「照れてるしー。ねえ、マリー、エルフって四十代ならまだ若い見た目なのかな？」

「ん、あー、まあ、そうだな。大体みんな五十、六十くらいから老け始めるみたいだけど、人によってまちまちだから何とも言えねーや」

エルフは静かで穏やかな生活を愛する種族だと聞いているが、グラハムはともかく、今まで出会ったエルフは、マルグリットといいモーリンといい一癖ある性格だ。自らの種族の生活に馴染めず、冒険者として外に飛び出すようなエルフは、やはり変わり者なのだろう。

アンジェリンは薄荷水の瓶を手に取って、考えた。

ベルグリフたち三人の話では、サティは快活で男勝りで、剣の腕はパーシヴァルに負けず劣らずだったという。まだ少年少女だった頃の話だから今ではどうだか分からないが、きっと魅力的な少女だったのだろうと思う。

快活な性格ならば、もしかしてマルグリットに似たような感じなのかしら。だとしたら、もしわたしのお母さんになったら大変そうだなあ、などと思う。

ふと、心の片隅から黒いものが鎌首をもたげかけたが、小さく頭《かぶり》を振って振り払う。

母親が欲しいというのだって紛れもない本心だ。それがベルグリフが本当に好きな相手ならば素敵な事じゃないか。素直に喜べばいい。何を嫉妬する事があるもんか。誰がお母さんになったって、わたしはお父さんの娘なんだから。

　不意に向かいから手が伸びて来て、アンジェリンの頬をつまんだ。

「うにゅ……」

「なに怖い顔してんだよ。やっぱ悩んでんだろ、馬鹿アンジェ」

「馬鹿とはなんだ……」

　アンジェリンは手を伸ばしてマルグリットの頬をつまみ返した。アネッサが呆れたように、テーブルの上で交差する腕を摑んだ。

「何やってんだよ、やめろよ、もう」

「でもアンジェ、一人で抱え込んでなーい？　駄目だよそういうのー、無理してちゃ爆発しちゃうよー？」

「ん……」

　ぐにぐにと頬をつねられながらもアンジェリンは黙った。それは分かるのだけれど、どう言ったものか分からない。

　何とも言いあぐねて口をもぐもぐさせていると、マルグリットがパッと手を放し、代わりにアンジェリンの腕を摑んで頬から引っぺがした。

「お前がそれじゃ調子狂うんだよ。考えが堂々巡りなら模擬戦でもするか？　暴れた方がすっきりするぜ？」

「ぐぬぬ……マリーに諭されるとは、屈辱……」

「なんだと、こんにゃろー」

「だから暴れるなって！　こぼれるだろ！」

がたがた揺れるテーブルを、アネッサが慌てたように押さえた。ミリアムがけらけら笑っている。マルグリットとじゃれ合っているうちに、何となく気分が晴れた。そういえば、お父さんもパーシーさんと大喧嘩して仲直りしてたっけ、と思う。別にマルグリットと仲違いしているわけではないけれど、暴れられる相手がいるというのは確かに嬉しい。

アンジェリンはスープの皿を手に取ると、残りをまとめてかっ込んだ。

「お、いい食べっぷりー。元気出た？」

「うん、ちょっとね……」

少し乱れた髪の毛を手櫛で整えながら、マルグリットが言った。

「帝都ってどんな所だろうな？　オルフェンと違うのかな、やっぱ」

「何せローデシアの中心地だからな。オルフェンはもちろん、公都と比べても大きいと思うぞ」

「ねー、アンジェ。エストガルはどんな感じだったのー？」

「エストガルは……大きな川があって、そこに沿って町があった。船が沢山行き交って、浮橋の上に家があったりして……」

「川か。エルフ領はあんまし広い川ってなかったなあ……船なんか乗った事ねえや」

「帝都にも川はあるな……けど海も近そうだぞ」

アネッサが地図を広げた。

帝都ローデシアは山を背にして、広大な平原を見下ろすように広がっている。過去の皇帝たちの治水事業で整備された運河が走り、さらには海まで出て海運につなげられるようになっているらしい。肥沃な大地と交易に有利な土地柄で、人と物とが大いに行き交う事で発展し続けているようだ。

知らない土地へ行くというのは単純に楽しい。見た事のない風景、会った事のない人々、食べた事のない食べ物、そんなものへの憧れは、冒険者であるならば人一倍持っている。

帝都か、とアンジェリンは呟いた。

そういえば、エストガルの大公家に呼ばれた時、舞踏会で皇太子とかいうのに会ったっけと思う。よく分からないけれど、つまり皇帝の息子、次期皇帝という事だ。

もう会うつもりなどないけれど、あまりいい感じはしなかったな、とアンジェリンは頬杖を突いた。

「なーに、また物思い？」

「ん……前に大公家に呼ばれた時、皇太子って人に会ったから……」

「ああ、帝都で思い出したのか……皇太子かあ、わたしには想像もつかないや」

「確か凄い美男子なんでしょー？　一緒にダンスまでしたんだし、アンジェ、玉の輿狙っちゃえばー？」

そう言ってミリアムがにやにや笑う。アンジェリンは口を尖らした。

「あんな優男やだ。全然頼もしい感じがしなかったもん……トルネラでお父さんと踊った時の方が楽しかった」

「ああ……そっか。アンジェの中じゃ理想の男の基準はベルさんなんだな」

「ははーん、そういう事。まあ、ベルさんが基準じゃ相当男のハードル高いよねー」

「お父さんは別格……」

アンジェリンはぷうと頬を膨らまして、薄荷水の瓶を手に取った。マルグリットが呆れたように椅子にもたれた。

「一生独身だな、お前」

「うるさい。それにマリーには言われたくない……」

「おれはいいんだよ、一人の方が気楽だし」

「……こういう奴に限って、変な男にコロッとなびいちゃうんだよな」

「マリーは単純ですからにゃー」

「なんだとー！　お前らおれを何だと思ってんだ！」

マルグリットは頭からぽっぽこ湯気を噴いて怒った。三人はからからと声を上げて笑った。

ふと、アネッサと目が合った。アネッサは笑ってウインクした。アンジェリンは肩をすくめて、薄荷水の瓶に口を付けた。

すっかり肩から力が抜けて、気が楽になった。友達っていいなと思う。

一〇三　暗く、長い廊下の先に

暗く、長い廊下の先に鉄の扉があった。重苦しく、厳めしい装飾が施されており、一見すると牢獄の入り口にも見える。

しかし、その戸の向こうには庭園が広がっていた。城の小さな秘密の中庭、といった風情である。背の低い植木や灌木《かんぼく》の茂みが整然と並び、綺麗に手入れされた色とりどりの花が咲いている。しかし壁が迫っているせいか、頭上には四角く切り取られた小さな空が見えるばかりで、妙に狭苦しい印象である。

その奥に小さな古びた椅子が置かれて、男が一人腰かけていた。輝くような金髪と端整な顔立ち、皇太子のベンジャミンである。

ベンジャミンは四角く切り取られた空を見上げ、身じろぎもせずにじっとしていた。

扉の開く音がした。重く、それでいて嫌に甲高い音である。

「殿下」

近づいて来た男が言った。フランソワだ。

ベンジャミンは顔だけ降ろしたが、フランソワの方には目をやらずに、面白そうな口ぶりで言った。

「失敗したらしいね」

「申し訳ございません、あの冒険者がしくじりまして」

「ヘクターでも難しかったかあ。まあ、シュバイツの手を逃れるくらいの相手だから、仕方がないけどね」

ベンジャミンは愉快そうに笑い、フランソワの方を見た。

「けど、奴には誓約がある。あまり帝都からは離れらない筈だよ」

「誓約、ですか？　一体どのような？」

「知りたいかい？　この地にはかつてソロモンとの戦いに敗れた旧神の骸が眠っている。そいつとの誓約だよ」

「旧神……」

フランソワは青ざめた。伝承にしか残っていないが、ソロモン以前に人間たちを支配していた旧《ふる》き神々がいたという。と考えて、ふとフランソワは違和感を覚えて首を傾げた。

「ソロモンに敗れた？　伝承では主神ヴィエナに敗れたとある筈ですが」

ベンジャミンはくつくつと笑った。

「伝えられている事が全て真実とは限らないさ。ヴィエナ教に箔を付けるために後世の連中がそういう事にしたんだよ。ふふ、歴史の話は長くなるから今度ゆっくりしてあげよう」

「は、はあ」

寝耳に水の話にフランソワは困惑したように眉をひそめた。

ベンジャミンは足を組んで、頭の後ろで手を組んだ。

「ま、旧神とはいってもとっくに力は失って、せいぜいが残留思念が微かに残っているだけなんだけどさ」

「しかし誓約を結べるほどでは……」

「はは、誓約といってもそれ自体に明確な意思はない。力というシステムだけが残っているようなものさ。しかしきちんと段階を踏めば利用する事はできる。こと結界や『場』の形成に関してはシュバイツすらしのぐ力を得られる。代わりに、その土地から離れられなくなるんだけどね。諸刃の剣ってやつさ」

「な、成る程……」

ベンジャミンはにやりと笑って、パンパンと手を叩いた。するとどこからともなくメイドが一人、お茶を載せた盆を持って現れた。虚ろな表情で、一切の気配を感じさせない。

「それで、ヘクターはどうしたの？」

「一旦帝都に戻っておりますが」

「そうか。ふむ……帝都の網はヘクターに張ってもらおう。君にはまた兵士を連れてフィンデールに行ってもらおうかな。一度尻尾を摑めたなら、捕まえられるのも時間の問題だが……そうだ、マイトレーヤを連れて行きなよ。彼女がいれば間違いないさ」

「は……しかし殿下、護衛は……」

「はは、僕の事は心配要らないよ。優秀な護衛がいるからね」

フランソワはハッとしたように後ろを振り向いた。先ほどのメイドがすぐ後ろに立って、虚ろな目をしてフランソワを見つめていた。フランソワは身を強張らせ、ベンジャミンに一礼すると踵を返した。

重い鉄の扉が閉まる音がして、その残響が静寂を助長した。

ベンジャミンは椅子に腰かけたまま空を見上げた。相変わらず青い空で、千切れ雲が流れている。

「滑稽」

暗がりから声がした。小さな女の子の声だ。

ベンジャミンが目をやると、小さな影が出て来た。黒い服をまとい、顔にはヴェールを垂らしている。年恰好はまだ十に満たぬというくらいである。しかし足取りはしっかりとし、声は舌っ足らずではなく、はっきりしていた。

「ああ、マイトレーヤ。そこにいたのか」

「いつまで遊びを続けるつもり?」

「はは、人生なんて遊びじゃないか?」

「遊ぶなら本気で遊ぶべき。手を抜いちゃ遊びですらない」

「厳しいな。けどね、あのエルフは本当に手ごわいよ。僕やシュバイツ相手にこれだけ渡り合った奴は他にいない」

小さなマイトレーヤは肩をすくめた。

「それももう終わり」

「ふふふ、朗報を期待しているよ」

ベンジャミンの目の前で、マイトレーヤの姿が影に沈み込んだ。

〇

イスタフから帝都への道はかなり整備が進んでおり、石畳とまではいかないものの、凹凸も少ない平坦な街道であった。徒歩の旅人だけではなく、大小の馬車が何台も行き来しているにもかかわらず、轍が深くえぐれているという事もない。かなり小まめに手入れしているという事なのだろう。東との貿易はローデシア帝国の経済の柱の一つである。貿易において交通の利便性は利益に直結する。維持管理を徹底するのも分かる気がした。

アンジェリンたち一行は特に問題もなくティルディスから帝国領に入り、乗合馬車を乗り継いだり隊商や行商人の護衛に交ざったりして、いくつもの村や町を経由した。

ローデシア南西の国境は、南部のダダン帝国や、ヴィエナ教の総本山であるルクレシア、さらにティルディスにも近い。だから国境近くの村や町は、帝国様式の文化を基礎にしながらも、ダダンやルクレシア、さらにティルディスを始めとした東部連邦の文化が自然と混じり合っていた。

それも帝都方面へと進む程に異国の感は薄れたが、それでも来た事のない土地は新鮮なものである。何もかもが初めてのマルグリットはもちろん、エストガル以南は知らないアンジェリンたちも、見知らぬ風景や、オルフェンのものとは微妙に違う建物の意匠や街並み、食べ物などを楽しんだ。

がらがらごっとんと音を立てて、荷物をたくさん積んだ荷車とすれ違った。

アンジェリンは少し身じろぎして、尻の位置を正した。平坦な道である分、小さな石などを踏んだ時の揺れが大きいように感ずる。

アンジェリンは大きくあくびをして、のんびりと流れて行く風景を見やった。

右手に山裾が迫っていて、反対側は平坦な野原が続き、その先は森である。素材採取をしているのか、冒険者らしき若者たちが森の際を行ったり来たりしていた。

天気は良く、陽射しは暖かく、のどかな秋晴れといった陽気である。しかし時折肌を撫でて行く風は夏のものと違って少し冷たい。この分では、北部はもうすっかり肌寒いだろう。

馬車の縁《へり》にもたれかかって、さっきからマルグリットがずっと風景を眺めている。飽きる事などないという様子である。あるいは風景から連想されて、これからの旅路を思い浮かべているのかも知れない。

アンジェリンはいたずら心を起こして、そっとマルグリットの後ろに忍び寄り、手を伸ばして脇の下を突っついた。

「どひゃあ！　何すんだ、馬鹿！」

「何か見えるの……？」

アンジェリンはくすくす笑いながらマルグリットの横に並んだ。マルグリットは唇を尖らしてアンジェリンの脇腹をつつき返した。

「ずっと森だけどな。けどもう少しで切れそうだぜ。次の町までどれくらいかな?」

「もう少しだよ。帝都に近くなると、町と町の間隔も狭いんだ」

トーヤが言った。確かに、馬車で半日もかからない距離の町や村が多くなったように思う。きっと人が多いのだろう、とアンジェリンは思った。

「フィンデールか。しばらくぶりだ」

パーシヴァルが呟いた。カシムが頷く。

「オイラもわざわざ来たりしなかったな。通り抜ける事はよくあったけど」

「どんな町なのー?」

ミリアムが言った。パーシヴァルは顎に手をやって目を細めた。

「帝都の手前の町だからな、帝都に行くには必ず通る。その分人の行き来が旺盛で、町自体もかなりでかいが……」

「かつてティルディスの騎馬隊との戦いの時は、拠点として帝都までの進撃を食い止めた場所でもあるそうですよ。古い砦の壁がまだ残っていますし、練兵場もあります」

イシュメールが引き取って説明した。アネッサがふむふむと頷いた。

「オルフェンも貿易の中継点でしたけど、それ以上って事ですか?」

「帝都が大きいですからね。私はオルフェンは知りませんが、フィンデールもかなり大きいですよ」

オルフェンはアンジェリンにとっても都会だった。それを超える都市となると、もう想像もつかない。エストガルは広かったが、行くのが嫌だったのと、見て回っていないのとで殆ど印象に残っていない。

ミリアムが両手でほっぺたを撫でた。

「はー、それにしても温泉気持ち良かったねー。お肌もすべすべだー」

「そうだな。疲れが取れたって感じだ」

アネッサも機嫌よさげに言った。

昨晩泊まった村には温泉が湧いており、遠方から湯治に来るお客も多いくらいに良い泉質の湯であった。当然浸かった一行は旅の疲れと埃をさっぱりと洗い流し、たいへんすっきりとして、こうやって次の乗合馬車に座っている。

「中々良いお湯でしたね。故郷を思い出しました」

「モーリンさんの故郷って温泉があるのー？」

「ええ、寒い所ですけどね。おかげでいつもぬくぬくでしたよ」

モーリンは言いながら、ごそごそと荷物を漁って木の皮の包みを取り出した。小麦粉を練ったものを温泉の蒸気で蒸したパンらしい。トーヤが呆れ顔をした。

「いつの間に買ったんだよ、そんなの」

「出発するちょっと前です。あ、皆さんの分もありますよ」

どうぞどうぞとモーリンが蒸しパンを差し出す。アンジェリンたち若者は苦笑しながらも受け取ったが、ベルグリフたち中年組は後でと断った。

ぱくりと蒸しパンをかじってみる。生地から見え隠れしていた小さな茶色い粒は、どうやら豆を甘く煮たものらしい。まだ微かに温かく、ふわふわ、もちもちしていてうまい。

蒸しパンを食べ終え、ふと見ると、ベルグリフが何となく考え込むような顔をしていた。アンジェリンはもそもそとすり寄った。

「どうしたの、お父さん？」

「ん？　ああ、トルネラはもう冬支度だなと思ってね」

玉葱の植え付けだの麦まきだのは終わったろうか、とベルグリフは呟いた。

アンジェリンは妙に嬉しくなってベルグリフにぐいぐいと体重をかけた。ベルグリフは不思議そうな顔をしてアンジェリンを見た。

「なんだ、どうした？」

「ううん……何でもない……」

旅に出ても、昔の仲間と再会しても、お父さんはお父さんだ、と変に安心したような気分だった。こういう些細な事がアンジェリンの心を落ち着かせた。頭で考えると混乱する事ばかりだ。

カシムがからから笑った。

「ここで畑の心配しても仕様がないんじゃない？」

「そりゃそうだが、気になるものは気になるんだよ。根が百姓だから」

「やれやれ。お前を見てると、わざわざ冒険者だなんていうのが馬鹿らしくなるぜ」

パーシヴァルがそう言って馬車の縁に寄り掛かった。トーヤが抱えた荷物を膝の上で動かした。

「ベルグリフさん、あんなに強いのに冒険者じゃないなんてなあ……」

「だよねえ？　復帰すりゃいいじゃない、ベル」

「こんな所で畑が気にかかるのに、冒険者なんてやれないよ」

ベルグリフはそう言って笑った。

少し前の自分ならベルグリフが復帰するなどという事になったら、どんなに嬉しかったか分からない。もちろん今でも嬉しいのだが、手放しに喜んでそうだそうだと言えないのが不思議な気がした。

「そういえば、皆さんはどうして冒険者になろうって思ったんですか？　ベルグリフさんも、今はそうじゃなくても、昔はそうしようと思ったんですよね？」

トーヤが思い出したように言った。ベルグリフは困ったように顎鬚を捻じった。

「今となっては明確には思い出せないけど……早めに親を亡くしてね、何か別の所で別の事をしたいと思ったんだ、確か。若かったからな……あの頃は村でもそこそこの腕自慢で通っていたが、都に出て井の中の蛙だったと思い知らされたよ」

アンジェリンは頬を膨らまして、ベルグリフにぐいぐいと体を押し付けた。

「そんな事ない、お父さんはめっちゃ強い。わたしはお父さんに憧れて冒険者になったんだもん……」

「まあ、お前はそうだよな」

とアネッサが呆れたように肩をすくめた。皆が愉快そうに笑った。トーヤもくすくす笑っている。

しかしどことなく寂し気な笑いでもあった。

「いいなあ……ベルグリフさん、本当に強いですしね」

「いいや、そんな事ないってば……ほら、君たちはどうだったんだ？」

ベルグリフは笑っているパーシヴァルとカシムに矛先を向けた。二人は目を合わせて首を傾げた。

「俺は他に考えられなかっただけだが。カシム、お前はどうだった？」

「オイラはスラムの孤児だったから、食う為」

「ああ、そういやそうだったたな。だが、初めて会った時はお前、食い逃げで追いかけられてなかったか？　なあ、ベル」

「うん、そうだったな。パーシーが捕まえようって言って追いかけて、そしたら魔法で吹き飛ばされて」

「ありゃ強烈だった。だがあれで惚れ込んでな、しつこく追いかけてパーティに引っ張り込んだんだ」

「パーシーの勢いが凄かったから、オイラてっきり兵士に突き出されるもんだとばっかり思ってさ、いざ捕まった時も必死に抵抗したよ。まあ、ベルが落ち着いて話をしてくれたからそれでパーティに入ったんだけど」

「へえ、そういう……え、カシムさんも孤児だったんですか？」

アネッサが目をぱちくりさせた。カシムは笑って鼻をこすった。

「そうだよ。へへへ、懐かしいなあ。日雇いの仕事もガキに回してくれるのは少ないし給金も悪いし、仕事にあり付けなかったら悪さしなきゃ生きて行けなかったなあ」

「も、って事はアーネも？」

トーヤが言った。アネッサは頷いた。

「ああ、わたしとミリィは同じ孤児院で育ったんだ。だから将来は独り立ちしなきゃいけないし、それで冒険者になったっけ」

「そうそう。シスターたちは普通の仕事をさせたがったけど、反対を押し切ったね！　駆け出しの頃は大変だったなー」

ミリアムが愉快そうに笑う。トーヤは感心したように腕を組んだ。

「そうかあ……イシュメールさんは？」

「私は別に冒険者になりたかったわけではないんですが……実験の材料を集めるのに人に頼むと高く付くわ時間はかかるわで……」

「ははあ、それで自分で手に入れようって思ったわけだ」

「そうですね。けど、実験よりも冒険の時間の方が長くて……若干本末転倒な感じがありますよ」

イシュメールはそう言って苦笑した。モーリンが三つ目の蒸しパンを頬張った。

「もふ……皆さん立派ですねえ。わたしなんか単にエルフ領の生活が嫌だっただけですよ」

「おれもおんなじだ。なーんか夢がねえなあ、ただ食ってく為だなんて」

「仕事ってのはそういうものだよ、マリー。それは冒険者でも他の職業でも変わらないさ」

「ふうん……ま、おれは冒険者楽しいぜ。皆もそうだろ？」

一行は笑いながら頷いた。マルグリットは無邪気だなあ、とアンジェリンは微笑ましいようなからかいたいような、ともかく面白い気持ちで馬車の縁に寄り掛かった。そうしてトーヤの方を見る。

「トーヤはどうなの……？」

「え、俺？　ああ、俺は……反抗心、みたいなものかな」

「反抗心？」

「まあ、その、親に対してね。アンジェリンさんの前でこんな事言っちゃ笑われそうだけど」

「ははっ、分かるぜ、その気持ち。俺もそうだった」

パーシヴァルが笑いながらトーヤの肩を叩いた。アンジェリンはぷうと頰を膨らました。

「家族は仲良くしないと駄目……」

「そう、だね。はは」

トーヤは困ったように笑って頰を搔いた。

小一時間ほど進むうちに、いくつもの馬車や引き馬、歩きの旅人とすれ違い、同じ方向に向かう人々を追い越したりして、次第に町が近い気配である。

アンジェリンは馬車の縁に手を突いて身を乗り出し、前方を見やった。大小の丘陵が連なる平原の向こうに細長い建物が見えた。塔のようだ。

「なんか、塔が見える……」

「え、どれだ？」

マルグリットも身を乗り出した。イシュメールが言った。

「フィンデールの見張り塔でしょう。夜には旅人の目印に先端に光を灯すんですよ」

「へえ、灯台みたいで面白いですね」

アネッサとミリアムも首を伸ばして進む方を眺めた。

やがて、ざわめきや馬のいななき、怒鳴り声や笑い声などで辺りが騒然として来た。

城壁らしきものに大きな門がある。開け放たれたそこから大勢の人が出たり入ったりして、たいへん賑やかだ。

「わあ……！」

門をくぐった先を見て、マルグリットが嘆声を漏らした。

石造りの大小の建物がいくつも連なり、漆喰や色石をつかった絢爛な装飾を施したものもある。建物は二階建て三階建ては当たり前で、その建物から建物へ、通りを渡るように張られた縄に帝国旗がたなびいて、オルフェンよりも空が狭いように思われた。

しかし賑わいは凄まじい。人種も様々で、西方系、南方系、東方系の顔立ち、さらには種々の獣人の姿も見受けられる。

まだ帝都に行きつく前にこれだ。果たして帝都はどんなだろう、とアンジェリンは楽しみなような怖いような、どっちともつかぬ気持ちでベルグリフの腕を抱きしめた。

「凄い……めっちゃ賑やか」

「ああ、驚いたな……オルフェンも大きな町だが、これほどとは……」

流石のベルグリフも驚いている様子である。それを見て、お父さんもおんなじだ、とアンジェリンは却って安心したような気分になった。パーシヴァルとカシムは何でもない顔をして、あくびまでしている。

町に入って少ししたところで馬車が止まった。広場になった所で、乗合馬車の停留所でもあるらしい。同乗のお客がぞろぞろと降りて、アンジェリンたちも荷物を持って降りる。広場のぐるりには露店が立ち並び、行商人たちが荷卸しをしている。

「すげえすげえ！　なんでこんなに人がいるんだ!?　みんなどっから来たんだ!?」

「知るか。その辺から湧いたんだろ」

大はしゃぎでぴょこぴょこ跳ねるマルグリットを、パーシヴァルが適当な事を言ってあしらっている。アネッサとミリアムも少しそわそわした様子で辺りを見回していた。オルフェンに似てはいるが、確かに雰囲気は違う。騒々しく、エネルギーがぶつかり合っているようだ。

ここから帝都まではもう目と鼻の先というくらいらしい。それでも歩いて行くには少し遠いから、やはり馬車を見つけたい。

そのつもりでアンジェリンがきょろきょろと周囲を見回すと、何やら妙な雰囲気が漂っていた。行き交う人たちが、何やら怪訝な顔をしてこちらを見、そうしてひそひそと何か囁き合っている。その視線を追うと、どうやらマルグリットとモーリンのエルフ二人に注がれているらしかった。

エルフが珍しいからだろうか。しかしそれにしては視線に不穏なものを感じる。アンジェリンはさりげなく視線を泳がせながら、腰の剣の位置を直した。

その時悲鳴が上がった。マルグリットに腕を捻じり上げられた男が腰砕けになってひいひい言っていた。マルグリットは鋭い視線で男を射抜いた。

「人の事捕まえようなんざ、どういう了見だよ」

「ひっ、ひいぃ、助けてくれえ！　お尋ね者だあ！　エルフだあ！」

男が叫ぶと、瞬く間に周囲の視線が集まった。多くは遠巻きに眺めているだけだが、冒険者らしき連中は手に手に武器を携えて目の前に突っ立った。

マルグリットが激高して剣の柄に手をやった。

「お尋ね者だあ!?　コノヤロウ、おれがエルフだからって！」

「待てマリー。取り乱すな」

いきり立つマルグリットを制するようにパーシヴァルとベルグリフが前に出た。パーシヴァルの獅子の如き威圧感に、冒険者たちは息を呑んで足を止めた。

「な、なんだテメエら……」

ベルグリフが一歩前に出る。

「どういう事か、説明が欲しい。この町ではエルフというだけで迫害を受けるのか？」

冒険者たちは顔を見合わせた。

「そういうわけじゃねえが……数日前からエルフは捕らえろっていうお触れがあるんだよ」

「少し前に帝国兵相手に暴れたエルフがいてな」

「賞金もかなりの額だ。尤も、追ってるエルフは一人らしいが、取り調べの為に片っ端から捕まえるんだろうよ」

「……彼女たちは今日ティルディティス方面から来たばかりなんだ。この町で指名手配される理由も意味もない筈だ」

「そんな事は知らねえな。俺たちは仕事をするだけだ」

「それに口でなら何とでも言える。お前たちが本当の事を言っている証拠がどこにある？」

「それなら兵士を呼んでくれ。彼女たちは捜しているエルフとは違う。わざわざここで捕まえなくたっていいだろう」

「はん！　その間に逃げようたってそうはいかねえ」

冒険者たちはあくまで強気である。しかしパーシヴァルが睨みを利かせているから相手も動けないらしい。互いに睨み合ったまま身動きせずに立っている。

いつの間にかその周囲にだけ人がいなくなり、しかし遠くには野次馬が集まって、息を呑むようにして見守っている。その間にも騒ぎを聞きつけて我こそはという冒険者が集まり、アンジェリンたちを囲む輪はやや分厚くなった。

マルグリットは目に涙をにじませていた。

「くそ……なんだよ。せっかくいい気分だったのに……最悪だ」

ここでも耳や顔を隠さなきゃいけないのか、と呟いた。悔しさからか、小刻みに震えているマルグリットの肩を、アンジェリンはそっと抱いてやった。

「困りましたねえ。ちょっと前はこんな事なかったのに」

一方のモーリンは不思議そうに首を傾げていた。こちらはあまりショックを受けている様子はない。トーヤも眉をひそめつつ、しかし合点がいかないという顔をしている。

アンジェリンはそっとトーヤにささやいた。

「前はこんな事なかった？」

「ああ……けど、エルフが暴れたっていうなら、よそから来た奴が何かやったのかも知れないな……エルフはどうしても注目されるから」

それはそうかも知れない。マルグリットだって、自分たちが歯止めをかけなければ帝国兵とだって喧嘩してしまうだろう。

何だかやるせないな、と思った。もしも自分がエルフ領に行って、人間が暴れたから人間は片っ端から捕らえるなどと言われたら嫌に決まっている。だが、多くの人はそう割り切って考えられないのだろう。

いよいよ互いに痺れを切らしそうになった時、甲高い声が響いて来た。

「アンジェ!?　アンジェじゃない!?」

アンジェリンはハッとして顔を上げ、声のした方を見た。

豪奢な飾り付けがされた馬車が一台、向こうに止まっていて、そこから女の子が一人飛び降りて駆けて来た。

女の子は周囲の強面たちを意に介さずに駆け足でやって来ると、アンジェリンに飛び付いた。

「やっぱりアンジェだわ！　こんな所で会えるなんて嬉しい！　元気だった!?」

「リ、リゼ……？　どうしたの、そっちこそ……」

　エストガル大公の娘、リーゼロッテは嬉しそうにアンジェリンに頬ずりして、目を輝かして顔を上げた。頬が紅潮している。

「えへへ、少し前にフランソワお兄様がベンジャミン皇太子殿下の親衛隊長に抜擢されたの！　それで様子を見がてら帝都観光でもってお父さまが言ってくだすったのよ！　まさかアンジェもいるなんて……」

「奇遇だね……もしかして大公さまもいるの？」

「ううん、お父さまはお体の具合がよくないの。だから遠出はできなくて、だから代わりにわたしが任されたの」

　アンジェリンは思わず笑ってしまった。長男のフェルナンドは跡継ぎとして政務に携わっているから外遊できないのは仕方がないとはいえ、まさか次男のヴィラールそっちのけでリーゼロッテが寄越されるとは。

　リーゼロッテは興奮した様子でまくし立てた。

「まさかここで会えるなんて、きっと主神のお導きだわ！　ねえアンジェ。あなたが帰った日にカシムまでいなくなっちゃったの！　何か知らない？」

「ええと……」

　アンジェリンは視線を泳がしてカシムの方にやった。カシムはにやにやしながら手を上げた。

「よっ、おチビ。元気そうじゃない」

「わあ！　カシムまでいる！　夢みたいだわ！　それにもしかしてエルフさんじゃない!?　アンジ

ェのお友達なの!?　凄いわ！　わたし、エルフにも会ってみたかったの！」

リーゼロッテに手を取られ、マルグリットは困惑したように口をもぐもぐさせた。

「な、なんだよお前……」

「わたしリーゼロッテっていうの！　よろしくね、エルフさん！」

「お、おお……？　お、おれはマルグリット、だけど……え？」

「マルグリットね！　ほら、泣かないで。綺麗な顔が台無しよ？」

「な、泣いてねーし！」

突然のこの闖入者に、緊迫した空気が間延びした。相対する冒険者たちは顔を見合わせ、ベルグリフたちも訳が分からないというようにリーゼロッテとアンジェリンを交互に見ている。

「アンジェ、この娘さんは……」

「あのね、ええと、この子はリゼ……リーゼロッテ。エストガル大公さまの娘さん」

「何ぃ？　大公の娘だぁ？」

パーシヴァルが呆れたように目を細める。馬車の紋章を見とめた野次馬たちのざわめきも大きくなった。

リーゼロッテは辺りを見回して首を傾げた。

「どうしたの、この騒ぎは？」

「いやまあ、その」

アンジェリンが手短に説明すると、リーゼロッテは不機嫌そうに腕を組んだ。

「むちゃくちゃだわ！　そんなのエルフさんたちに失礼じゃない！」

リーゼロッテはむんと胸を張ると、周囲を取り囲んだ冒険者や野次馬たちに朗々と宣言した。

「彼女たちの身柄は大公家が預かります！　手出しする者はエストガル大公に背くものと心得なさい！」

こう言われては手出しのしようがない。冒険者たちは不承不承といった態《てい》で武器を収め、詰まらなそうに去って行った。野次馬たちもざわめきながら少しずつ散り、段々と広場は元の活気が戻って来た。

アンジェリンはほうと息をついて、リーゼロッテの手を握った。

「ありがと、リゼ。本当に助かったよ」

「えへへ、いいのよ。だってお友達じゃない！　ね、一緒に来て！　この人たち、アンジェやカシムの仲間なんでしょ？　紹介して欲しいわ！」

アンジェリンはベルグリフの方を見た。

「どうする……？」

「このままここにいても別の人がマリーとモーリンさんに目を付けるだろうね……お言葉に甘えさせていただこうか」

ベルグリフはそう言って、リーゼロッテに丁寧に頭を下げた。

「その節は娘がお世話になりました。リーゼロッテ殿、重ねて感謝いたします」

「えっ！　もしかしてアンジェのお父さま!?　わあ、お会いできて光栄ですわ！」

「そんな畏れ多い……」

リーゼロッテに手を握られてベルグリフは苦笑した。アンジェリンはくすくす笑いながらリーゼロッテの肩に手を置いた。

「婚約者は一緒じゃないの……？」

「オジーは帝都のお屋敷よ。他の貴族のパーティに出てるの。わたし退屈だからフィンデールまで遊びに来ちゃった」

相変わらず豪胆な子だなあ、とアンジェリンは感心した。

リーゼロッテは、馬車の脇に立っている背の高い女性に呼びかけた。女は黄味がかった長い緑髪を三つ編みにしていた。棒術使いなのか、背よりも高い鉄棒を携えている。

「スーティ、行くわよ」

「終わりましたか。まったくハラハラさせてくれますね」

「うふふ、あなたはわたしを止めないから好きよ」

「止めても無駄ですからね。それで、どうします」

「この前行ったレストランがいいわ。この人数でも入れる筈よ」

「人数も何も、大公の御息女の来店を拒む筈ないでしょう。ま、行きますか。けど馬車には乗り切れませんよ」

「いいわ、歩いて行くから」

「あなた本当に大公家のお嬢様ですか、まったく」

スーティは嘆息して、御者に二言三言何か言い、それから先導するように歩き出した。リーゼロッテはアンジェリンの手を握ってにんまりと笑う。

「さ、行きましょ。いっぱいお話が聞きたいわ」

「ん、わかった……」

連れ立ってぞろぞろと往来を下って行く。

まったく物怖じせずに、次々と相手を替えながらしゃべり続けるリーゼロッテに、一行はすっかり気を許してしまった様子である。裏のない無邪気な好奇心を発露して来るので、マルグリットなども先ほどの不機嫌は何処へやら、楽し気に話をしてやっている。

アンジェリンはそっと後ろを見やった。ベルグリフとパーシヴァルが小声で何か話し合っていた。聞き取れないけれど、内容は何となく察せられる。

指名手配されている正体不明のエルフ。

何か胸騒ぎがしたけれど、ひとまず今は可愛らしい友人との再会を喜ぼう。あれこれ考えるのはそれからでも遅くはない筈だ。

陽は少しずつ西に傾き、陽の光が赤みを帯びている。

一〇四　ざわざわと人の多いオルフェンの往来を

ざわざわと人の多いオルフェンの往来を枯草色の髪の少年が歩いて行く。大股で、自信に満ちた足取りだ。

その少し後ろを赤髪の少年と茶髪の少年が並んで歩いていた。

「……ねえ、このパーティって君とあいつ二人だけだったの？」

「ああ、まあ」

赤髪の少年は苦笑して頬を掻いた。

食い逃げ犯として追いかけられていた茶髪の少年を捕まえようとして魔法で吹き飛ばされ、捕まえるのではなく勧誘だ、と枯草色の髪の少年が勇んで数日、とうとう茶髪の少年を捕まえてパーティに引っ張り込んだ。

初めは抵抗した茶髪の少年だったが、彼も別に好き好んで犯罪行為を働いていたわけではない。正当な仕事にありつけるならばそれに越した事はないと喜んでパーティに加わった。しかし、やや想像と違う実態に面食らっているようだった。

「オイラ、もっと人数のいるパーティだと思ったよ。オイラみたいな半端者を勧誘する余裕があるんだもの」

「余裕というか何というか……」

かく言う赤髪の少年の方も、枯草色の髪の少年に「俺のパーティに入らないか?」などと言われたから、てっきり他にも誰かいるものかと思っていた。

しかし入って見れば彼が一人目のメンバーであった。

事情を聴けば前のパーティとは喧嘩別れして、それで新しいパーティをという事になっていたらしい。

茶髪の少年が呆れたように息をついた。

「アホくさ……こんなんでホントに稼げるの? オイラ、もう薬草摘みは飽きたよ」

「うーん、あんまり勇み足だと危ないよ……でもそろそろ討伐依頼を受けてもいいかも」

「討伐って魔獣の? へへ、オイラそういうのやってみたいな。新しい魔法も試したいし」

茶髪の少年はそう言って手の平を表に裏にして見た。

誰にも師事しない我流の魔法だが、少年の技量は既に目を見張るものであった。魔導書などを読む機会があれば、さらにその腕に磨きはかかるだろう。それを見抜いたからこそ、枯草色の髪の少年も諦める事なく追い回して引っ張り込んだのだ。

「おい、何やってんだよ、置いてくぞ!」

ハッとして前を向くと、枯草色の髪の少年は随分向こうにいた。二人は慌てて足を速めた。

ギルドに行くと、そこも人が溢れている。がやがやと騒がしく、ひっきりなしに人が出入りして、気を付けないとぶつかりそうだ。

「今日はどうする？」

「少し仕事して、こいつの実力と性格は分かった。討伐依頼を受けていいタイミングだろ」

「そう、だな。討伐系となると、この子とは初仕事だし、慎重に考えないと……」

「なあに、俺たち三人なら大丈夫」

言いかけた枯草色の髪の少年が言葉を切って一点を見つめた。赤髪の少年は怪訝な顔をして少年の視線を追いかけ、目を剝いた。

「……エルフ？」

「すげえ。本物だ」

長い耳に銀髪。視線の先、人ごみの間にはエルフの少女がいた。年の頃は少年たちとそう変わらないだろう。エルフは歳を経ても外見が中々変わらないとはいえ、表情や佇まいからにじみ出る初々しさは隠せるものではない。

珍しいエルフの来訪に、ギルドの中もざわめいていた。少女は早速冒険者たちに囲まれて、あれこれと絡まれているらしかった。

「凄いな……エルフなんて初めて見たよ」

「ホントにいるんだね、エルフって。オイラ、おとぎ話の中だけかと思ってた」

「なんか揉めてんぞ？　大丈夫か、あれ？」

成る程、確かに物々しい雰囲気である。実力はともかく、エルフというだけでパーティに勧誘したい者がいくらでもいるのだろう、そういった連中が互いにいがみ合い、威嚇し合っている。

それに加えてエルフの少女が頑として首を縦に振らず、腕を掴んだ手を振り払ったり、肩に置かれた手を叩いたり、あかんべえと舌を出したりと変に挑発的な態度を取るせいもあって、いよいよ場が物騒になって来た。

誰かの肩が誰かに当たり、それをどつき返したのが発端になって、とうとう喧嘩が始まった。

こうなるともう誰がどうなのか分かったものではない。振り上げた拳が別の者に当たり、そのせいで蚊帳の外だった者がいきり立って乱入し、どたどたばたばた、乱戦混戦もいいところになった。

こりゃ仕事を探すどころじゃないぞ、と赤髪の少年は茶髪の少年をかばうようにしながら後ろに下がった。茶髪の少年は面白そうな顔をしている。

「へへ、やっぱ冒険者って物騒な連中が多いね」

「まあ、切った張ったの商売だから……あれ？」

気付くと枯草色の髪の少年が見当たらない。

目を細めて見まわしていると、人ごみの間を縫って戻って来た。

「おい、行くぞ！　今日は退散だ、退散！」

「あ、ああ……って、おい！　その子！」

枯草色の髪の少年は、エルフの少女の手を握って引っ張って来ていた。エルフの少女は何が何だか分からないといった顔をしている。

「あの渦中にいちゃ不味いだろと思ってさ」

「君って奴は……ええい、とやかく言ってる暇はないな」

火種になったのはこの少女だ。今は喧嘩が起こっているから注意が逸れているが、収まればまた矢印は彼女に向かう。

茶髪の少年が感心した顔をしてエルフの少女の頬をむにむにと撫でまわした。

「へー、凄いや。肌が絹みたいにすべすべだ」

「ちょ、やめてよ。というか誰なの、あなたたち」

「誰だっていいだろ。いいから行くぞ」

そう言って枯草色の髪の毛の少年は足早に出て行く。エルフの少女は軽く抵抗しながらも引っ張って行かれた。

残された二人は顔を見合わせ、慌ててその後を追った。

何とかギルドを抜け出し、人通りのない所まで逃げて来て、ようやく息をついた。走りっ放しだったのもあって、四人とも息が荒い。

赤髪の少年は膝に手を置いて息を整えつつ、エルフの少女の方を見た。少女は胸に手を当ててはあはあと浅く息をしながらも、何とか深呼吸しようと努めているようである。

「……大丈夫かい？」

そう言うと、エルフのエメラルド色の瞳が少年の方に向いた。透き通るその色は胸の内を見透かされているようで、思わずドキリとしてしまう。

エルフの少女は少年たち三人を怪訝な顔で順繰りに見、無骨に太い眉をひそめた。

「何か用なの？」

「助けてやったんだよ。お前、あの連中全員相手にしたらただじゃ済まなかったぜ？」

「ふんだ。誰も助けてくれなんて言ってないよ」

エルフの少女は感謝するそぶりもなく、つんとそっぽを向いた。何となくイライラしている様子だった。枯草色の髪の少年の眉がつり上がった。

「ああ？　テメエ、何だその態度は」

「恩を売ろうったってそうはいかないんだから。どうせあなたたちだって、わたしがエルフってだけで近づいて来ただけでしょ？　皆して馬鹿みたい。勧誘するにしても実力見てからにすればいいのに」

「誰が勧誘してるってんだよ。お前みたいなひょろひょろ、こっちから願い下げだ」

「な、なんだとー！　そっちこそ弱そうなのが揃ってるじゃない！　偉そうに！」

「弱そうだとぉ！　コノヤロウ、言わせておけば！」

「やるつもり？　いいよ、ぶっ飛ばしてやるんだから！」

「ちょ、待て待て！　二人とも落ち着いて！」

割り込んだ赤髪の少年を、二人は同時に押しのけた。

「下がってろ。この馬鹿女に身の程を思い知らせてやる」

「それはこっちの台詞！　ちょっと痛い目を見てもらうよ！」

二人は腰の剣を鞘ごと引き抜くと、同時に打ち掛かった。少年の剣は少女の腰を強かに打ち、少女の剣は少年の脳天を直撃した。二人は膝を突いて悶絶した。

茶髪の少年が腹を抱えて笑っている。赤髪の少年は呆れて嘆息した。

「何やってるんだか……」

○

少し外の空気を吸いたいと言って抜け出した。店の裏手の壁にもたれて腕を組む。向かいには別の建物が迫っていて、見上げる空は細長く、次第に暮れかけている。

食事はそれほどかからずに終わったが、話を聞くのが好きなリーゼロッテは次々と話をせがみ、一々大仰に反応するのが話している側も楽しくなるらしい、場は盛り上がったままで、まだまだ終わりそうになかった。

「ベル」

呼ばれて見ると、パーシヴァルがやって来た。

「元気な娘っ子だな」

「ああ。随分気さくな娘さんだ……だがおかげで助かったな」

「まったくだ。貴族なんざ鼻持ちならんと思ってたが、ああいう子もいるんだな」

とても大公家の息女とは思えない。貴族でありながら、身分の違いを全く気にせず接して来るさまは、ボルドー家の三姉妹を彷彿させた。しかし田舎貴族とは違う大公家という貴族の中でもエリートの家系にあって、あの天真爛漫な様子は珍しい。

とはいえ、ベルグリフもそれほど貴族の内情に詳しいわけではない。ただ、エストガルの貴族というと、前にボルドーの騒動で見たマルタ伯爵などの印象が強く、どうにもいい感じがなかった。しかしリーゼロッテを見ると、そんな連中ばかりではないのだなと思う。

パーシヴァルはベルグリフに並んで壁にもたれた。小さく咳き込み、匂い袋を取り出す。

「……それで、どうする？」

「迷ってるよ。確証はないが、エルフはそう多くない。確率は高い筈だ」

そう言いつつも、ベルグリフは頭を掻いた。

「……けど、ここ数年で俺はエルフに会い過ぎた。グラハム、マリー、モーリンさん……正直、そのエルフがサティじゃなくてもおかしくないようにも思うんだ」

「まあな。だが、正体を暴く必要はあるだろう」

「そうだな。だがまだ情報が足りん。サラザール殿がどれほど情報を持っているかだが……」

「……それこそ当てにできるか疑問だな」

パーシヴァルは匂い袋を懐にしまい、細長い空を見上げた。

フィンデールに来て早々の騒動で知った正体不明のエルフにどう対処するか。ベルグリフたちはそれを考えていた。

無論、サティである可能性も十二分に考えられる。そうなるとフィンデールを捜す必要が出て来るわけで、帝都まで行ってわざわざサラザールに会う必要性は薄くなる。

「いっそ別行動するか」

パーシヴァルが言った。ベルグリフは鬚を捻じった。

「それも考えた。そうなると、どう分担するかだが……」

「トーヤとモーリンは元々サラザールに用がある。イシュメールは帝都に帰る。あの三人は元々帝都に行く予定って事だ。誰があいつらに案内してもらうか。そういう事だろう」

「そうだな……だが、それは俺たちの一存じゃ決められないだろう。別行動するにせよしないにせよ、一度皆で話し合った方がいいだろうな」

「正体不明のエルフか。ちと話が出来過ぎてるような気もするが……」

「それでも無視するわけにはいかないさ」

パーシヴァルは小さく笑うと、顔をしかめて咳き込んだ。そうして大股で路地から出て行こうとする。

「おいおい、何処行くんだ」

「ああいう改まった所は息が詰まるんだよ。外で一杯ひっかけて来る。お前も来るか？」

「そういうわけにもいかないよ。まったく……まだ宿も決まってないんだから、早めに戻っておいでよ？」

「はは、分かった分かった。説教される子供の気分だぜ」

パーシヴァルは笑いながら、そのままのしのしと行ってしまった。

ベルグリフはしばらく壁にもたれていた。薄暗さは次第に増し、空ばかりがぎらぎらと明るいのに、少し先の建物の壁の汚れも見づらくなっていた。

さて、戻ろうかと思うや、誰かが出て来た。

「あれ、ベルグリフさんだけですか？」

「ああ、トーヤ君か。パーシーを探してるのかい？」

トーヤは頭を掻きながら苦笑いを浮かべた。

「パーシヴァルさん、あのリーゼロッテってお嬢様に話をせがまれてる最中に出て行っちゃって……誰か様子を見て来てくれって言うから、俺が」

「ははは、そういう事か。あいつは逃げちゃったよ。外で一杯ひっかけて来るとさ」

「自由だなあ……」

トーヤはベルグリフの隣に立って、同じように壁にもたれかかった。吐く息がうっすらと白い。

端整な横顔は中性的だ。

「俺、貴族の食事に招かれるなんて初めてですよ。飯はうまいけど、ちょっと落ち着かないというか……」

「分かるよ。俺は何回かあるけど……どうにも場違いな感じがしてね。未だに慣れないよ」

「前はどこで？」

「ボルドーっていう北部の町でね。そこの伯爵家の末の娘さんをアンジェが助けたとかで縁ができたんだよ。以来懇意にさせてもらってる」

「へえ……そういえば、今回もアンジェさんのつながりだもんな。すげえ……」

トーヤは感心したように腕組みして頷いた。

そういえばそうだ。あまりにも自然だったから忘れかけていたが、アンジェリンが勲章を貰うという話があって、それで公爵家に出向いた際に友人になったのがリーゼロッテだという。カシムもつながりがあるようだが、やはり女の子同士、アンジェリンの方によく懐いているように見えた。

親の方が子供にくっ付いている、と考えると何だか可笑しい。気恥ずかしいようでもあるが、娘の持つつながりや成し遂げた事を実感できるのは嬉しいものである。

トーヤが何となくもじもじした様子でベルグリフの方を見た。

「ベルグリフさんは……アンジェさんと仲が良いですよね？　一緒に旅するくらいだし」

「そうだなあ。しかし、もう少し親離れしてもいいんじゃないかと思うけどね」

「……親にとって、子供ってどんな存在なんですか？　その……ベルグリフさんとアンジェさんは血はつながってないわけだけど、それでもやっぱり大事なんですよね？」

ベルグリフは顎鬚を撫でた。

「確かに、アンジェは拾った子だけどね。でも大事にしたよ。乳を飲ませてやって、おしめを替えて、夜でも仕事の最中でも泣き出せば抱いてあやしてやって……大変だったな。どれだけこちらがくたびれていても関係なかったから」

「嫌になったりしなかったんですか？」

「はは、そりゃ人間だもの、うんざりする事もあったよ。だけど、安心しきった寝顔だとか、こっちを見て笑う様子だとか、小さな手足をもたもた動かすさまだとか、それを見るだけで本当に心が安らいだよ。男手一つの子育てなんて苦労のし通しだったけど、間違いなく幸せだったと言えるし、アンジェは俺にとって一番大切な宝物だよ」

「……本当に、ベルグリフさんが親父だったらよかったのにな」

トーヤはそう言って俯いた。ベルグリフは怪訝に目を細めた。

「お父さんと仲が悪いのかい？」

「悪いなんてもんじゃないですよ。憎んでるって言ってもいいです」

穏やかではない。ベルグリフは眉をひそめた。

トーヤはため息をついて、深く壁にもたれかかった。

「親父も冒険者なんですよ。もう長く会ってないですけど……剣も魔法も親父に叩き込まれて、でも才能がないっていつも罵倒されて……結局俺も冒険者になってるのは皮肉ですよね」

ベルグリフがかける言葉を見つける前に、トーヤは自嘲気味に続ける。

「こうやって冒険者として生きるのに、親父から教わった剣や魔法に頼らざるを得ないのが悔しいんです。でも性分なんですかね、これ以外考えられなくて……アンジェさんも父親から剣を習ったのに、俺と違ってそれを誇りにしてる。それが羨ましくて……すみません、ベルグリフさんにこんな事言っても仕方ないのに……」

「……俺が軽々しく何か言うべきじゃないかも知れないけど、君が冒険者として戦って来た中で身に付けたものは君自身の力だよ。そう卑下するものじゃない」

言葉を選ぶように言う。卑怯な物言いかと思う。しかし踏み込むべきか否か、判断するには少し

考える時間が足りなかった。

トーヤの言葉には、父親を憎む心と、父親に憧れる心の二つが見え隠れしていた。矛盾する二つの思いが葛藤を呼び、苦しみがあるのだろうと思う。だからこそ、あまり安易に励ましの言葉を投げかける事がためらわれた。

トーヤは頭を掻いて、申し訳なさそうにベルグリフを見た。

「すみません、気を遣わせちゃって……」

ベルグリフは苦笑して、誤魔化すようにトーヤの肩をぽんと叩いた。

「こういう時に何か気の利いた事を言えればいいんだが……すまないね、頼りないおじさんで」

「そんな事ありませんよ。聞いてもらえただけで……外、割と冷えますね。戻りませんか？」

「そうだな、行こう」

連れ立って店の中に戻る。

廊下を行って、階段を上がって、魔法で適度な温度に調整された部屋にまで行くと、高い天井から黄輝石の照明が下がって、壺や絵画が飾ってあって、床は絨毯張りである。

自分の恰好と見比べるだけであまりに場違いな感じがして、こりゃ確かにパーシヴァルでなくても息が詰まるなと苦笑した。

座は盛り上がっていた。聞き上手のリーゼロッテが次々に話をせがむので、話に切れ目がない。ティルディスを通って来た話や、マルグリットやモーリンのエルフ領の話など、話題は尽きないように思われた。

トルネラ暮らしが長く、他の者たちに比べて大した冒険譚も持たないベルグリフは、初めにアンジェリンの子供の頃の話を少ししたくらいで、後は現役の冒険者たちに任せていた。森の異変やミトの事などはあまり軽々しく話す内容ではない。

椅子に腰を下ろして、遠くの水差しに手を伸ばすと、向かいに座ったカシムが取ってくれた。

「パーシーは？」

「逃げたよ。困った奴だ」

「ちぇ、上手くやったなあ。オイラも行けばよかった」

「何言ってるんだい、まったく」

ベルグリフは苦笑いしながら水をグラスに注いだ。しかしまあ、ちっとも物怖じしていないとはいえ、カシムの恰好はまるで浮浪者だ。店に入る時も大公の息女の手前嫌な顔こそしなかったが、店員が驚いていたのを思い出す。

さっきまではまだ青かった空に星がちらちらと瞬いていた。窓の外はもう薄暗闇が降りている。話は盛り上がっているが、そろそろ今夜の宿を決めておかなくてはなるまい。ベルグリフは身を乗り出した。

「リーゼロッテ殿、多分の供応、まことに感謝いたします。しかしもう日も暮れかけております。我々も宿を決めなくてはいけませんので……」

「あら、本当だわ。ごめんなさい、皆の話が面白くて！」

リーゼロッテはバツが悪そうに笑って頰を搔いた。

「けど冒険者の話って本当にワクワクするの。わたし、貴族じゃなかったらきっと冒険者になってたと思うわ！」

「お前になれるわけないよ」

カシムがそう言ってからから笑った。リーゼロッテは頬を膨らました。

「もう！　カシムはすぐ意地悪言うんだから！」

「へっへっへ、箱入りは大人しくお嬢様やってりゃいいの。ほら、ねーちゃん、そんなに睨むなって。おチビが本気で冒険者になるなんて言い出さないだけいいだろ？」

リーゼロッテの後ろに控えていたスーティがドキリとしたように口をもぐもぐさせた。

「……別にわたしは何とも思ってませんよ」

「照れないでいいって。へへへ、腕も立ちそうだし、おチビ、お前いい御付き見つけたねえ」

「そうなの！　スーティってば、とっても強いし、しっかりしてるのよ！」

「褒めても何も出ませんよ」

「あら、わたしが見返りを求めてあなたに何か言った事があって？」

「ちぇ、ああ言えばこう言うんだから」

スーティは口を尖らした。アンジェリンが面白そうな顔をしている。

「仲良し……スーティさん、去年わたしが行った時はいなかったよね。いつからリゼの御付きになったの？」

「半年前くらいでしたか。このお転婆さんと来たら、お忍びで冒険者ギルドに現れまして。それでギルドマスターが仰天して、わたしに送って行けと言うので」

「それで帰り道にお話ししてて、そのまま御付きにどうって言ったら来てくれたの。今までの御付きはわたしがそういう事すると怒るんだもの」

「当たり前ですよ、何言ってるんですか」

「でもスーティはため息つくだけで止めないから嬉しいわ」

「面倒なだけです」

「それじゃあスーティさん、元は冒険者なんですね」

アネッサが言った。スーティは頬を掻いた。

「まだライセンスは持ってるんで、冒険者でもあるんですが。まあ、今の方が生活も安定してるから楽ですよ。このお嬢様なら多少放っておいてもいいですからね」

「あら、そんなに褒めちゃ照れるわ」

「褒めてません」

「けどいいですねえ、貴族の御付き。毎日おいしいものが食べられそうで羨ましいです。もぐもぐ」

「モーリン、少し遠慮しなよ……」

次々に皿を空にして行くモーリンを見て、トーヤが呆れ声を出した。リーゼロッテは鷹揚に笑った。

「いいのいいの、たくさん食べて頂戴。ほら、マリー、あなたも」

「おれはモーリンほど食わねえって」

「あら、そうなの？　エルフって食いしん坊なんだと思った」

「ねーねー、デザート頼んでもいい？」

「ミリィ、お前……」

「いいじゃん。中々ない機会なんだし。いいでしょー、リゼ？」

「いいわよ！　わたしも食べたいし、お茶も頼みましょうか。アンジェ、何か食べたいものはない？」

「ん……なんでも」

また話が盛り上がりそうな気配である。蚊帳の外に置かれたベルグリフはぽつりと呟いた。

「……宿を……決めないといけないんだけど……」

○

小道だった。両側に木が生い茂り、木漏れ日が地面にまだら模様を作っている。

しかし太陽はなく、空全体が金色に輝いており、その光が降り注いでいるという具合だ。光そのものに色があるように思われ、辺りは褪せたセピア色のようであった。

その道を行った先に、小さな家があった。

三角屋根には藁《わら》が葺《ふ》かれ、庭先に井戸があり、小さな菜園には種々の野菜が四季の違いをものともせずに実っていた。周囲には木の柵がめぐらされており、その向こうは深い森に囲まれているらしかった。

家の軒先に出された椅子に、女が座っていた。滑らかな銀髪に笹葉のように尖った耳を持つエルフである。

「いつつ……くそー、やられたなあ……」

エルフの女は着物をはだけて、肩から腕に伸びた傷を濡れ手ぬぐいで丁寧に拭いていた。もう血は止まっているようだったが、固まってこびりついたものが、動かす度に手ぬぐいに赤い染みを作った。

綺麗に血を拭きとってから薬を塗り、包帯を巻く。

「あちらさんも本腰入れちゃって……はあ」

包帯を巻き終えた女は嘆息し、着物を羽織り直す。

しいしい、と透き通るような虫の声がそこいらに響いている。

嫌に静かだったが、不意に家の中からぱたぱたと軽い足音がしたと思ったら、扉が開いて小さな子供が飛び出して来た。前を走る子が手に木細工のおもちゃを持っている。後ろの子はそれを追っかけた。

エルフの女は眉をひそめた。

「こらこらー、何をやってるの」

「だっておもちゃ、持ってっちゃうんだもん」

「ちがうよ、取ろうとするんだもん」

どちらもそう言い張って譲らない。

子供二人の顔立ちはそっくりだった。双子なのかも知れない。どちらも黒い髪の毛に黒い瞳をしている。エルフはくすくすと笑うと颯爽と立ち上がり、双子を捕まえて両脇に抱えてくるくる回った。

「喧嘩は駄目だよー、うりゃうりゃ」

双子はきゃあきゃあと歓声を上げた。

「あっ、いたた、しまった、忘れてた……」

エルフは顔をしかめて子供たちを降ろした。双子は目をぱちくりさせた。

「だいじょうぶ?」

「けがしたの?」

「平気平気、わたしは強い。ほら、遊んどいで。喧嘩しちゃ駄目だよ」

双子は少しもじもじしていたが、やがて連れ立って駆けて行った。

それを見送ったエルフは大きく息をついて椅子に腰かけた。左の肩を撫で、着物を少しはだけて血が滲んでいないのを確認する。

「……わたしは無駄な事をやってるのかなあ」

視線を上げて、軒の向こうに見える黄金色の空を眺めた。時折空はまだらに明滅し、薄ぼんやりとした霞のようなものが流れているのも見えた。

エルフはしばらく座ったまま動かなかったが、やがて立ち上がり、傍らに置いてあったザルに、軒下に干してある玉葱をいくつか入れた。そうして菜園に足を向ける。

「料理、悪いもんじゃなくなったよ。今食べたら……三人ともおいしいって言ってくれるかな」

小さく呟きながら、腰をかがめて人参や香草を摘み、ザルに入れた。

柔らかな風が吹いたと思うや、森の木々がざわめいて、薄緑色の燐光が流れるように宙を舞って行った。

一〇五　夜半過ぎに妙に目が覚めて

夜半過ぎに妙に目が覚めてしまって、アンジェリンはごそごそと起き出した。

窓にかかったカーテンの隙間から月明かりが斜に射し込んでいて、部屋の中は青白く薄暗い。見回すと、同室の女の子たちは寝床ですうすうと寝息を立てている。

アンジェリンは目元を押さえた。大きく息をつく。明日はまた動かねばならない。夜更かししては響く。しかし眠れそうな気配ではない。

昨晩、リーゼロッテ達と別れて宿に落ち着いてから、皆で話し合いをした。

フィンデールの町に現れたというエルフの正体を探りたい。しかしサラザールに会ってサティの情報を得られるならば、そちらも捨てられない。そこで二手に分かれるのはどうだろう、という提案があって、アンジェリンは即座に自分が帝都に行くと言った。リーゼロッテの伝手もあるし、というのが建前だったが、何となくベルグリフと一度距離を置く方がいいような気がしたのだ。

自分の中で気持ちに整理を付けなくてはという思いもあった。それが正しいかどうかはさておき、何かしら鬱屈した現状を打破したいという気持ちが強くて、それが環境の変化を強く求めていたのである。

サラザールと一応の面識があり、またサティの事も知っているカシムも帝都に同行し、アンジェリンのパーティメンバーであるアネッサとミリアムも一緒だ。

トーヤとモーリン、それにイシュメールは元々帝都に行く。マルグリットもフィンデールに入った時の悶着が気に食わないらしく、帝都に行くと言い張った。だからベルグリフとパーシヴァルの二人はフィンデールに残って、謎のエルフを探るという事で話がついた。

再び寝床に仰向けになったアンジェリンだったが、いくばくかの輾転反側を経て、やっぱり眠れないと寝床から出た。

一階の別棟の酒場の喧騒が、床や壁を隔てた先から聞こえる。他が静かな分、気にするとそればかり耳について、とても寝てなどいられない。

水でも飲もうと部屋を出た。

廊下はしんとしていたが、階段を降りて外廊下を通り、隣の棟に行くと、そこにある酒場のスペースには酔漢が詰まって騒がしかった。

これじゃあ余計に目が覚めてしまう。

アンジェリンは頬を掻いたが、喉が渇いたのは確かだ。

カウンターの方に行ってみると、隅の方の席にパーシヴァルが腰かけていた。おやおやと思って近づく。アンジェリンが声をかける前に、パーシヴァルが横目をやった。

「なんだ、寝れねえのか」

「起きちゃったの……パーシーさんも？」

「飲み足りねえだけだよ。こいつもな」

パーシヴァルの向こう側からカシムがひょっこりと顔を出した。

「夜更かしだねえ、へっへっへ」

「カシムさんまで……お父さんは？」

「寝てるよ。ぐっすりさ」

カシムはそう言って手元のグラスを傾けた。アンジェリンは何となくホッとした気持ちでパーシヴァルの隣に腰かけた。

「何か飲むか」

とパーシヴァルが言った。アンジェリンは首を横に振った。

「水でいい……」

「そう言うな、ちょっと付き合え。おい、ブランデー。湯で割ってくれ」

アンジェリンが何か言う前にバーテンがもうコップに湯を注いだ。アンジェリンは諦めたように頬杖を突いた。

手早く仕上げられたお湯割りブランデーが前に置かれる。もう中身が半分ないゴブレットをパーシヴァルが掲げた。

「乾杯」

「ん……乾杯」

湯気に乗って鼻に抜ける酒精にむせ返りそうだったが、ほのかに甘いブランデーが喉から胸、腹まで通り抜けると、腹の底にぽっと火が灯ったような心持になった。

カシムが空になったコップを指ではじいた。

「にしてもアンジェ、帝都行くのはいいけど、ベルと一緒じゃなくていいの？」

「うん……わたしだって大人だもん」

虚勢だ、と思いながらもアンジェリンは胸を張った。パーシヴァルがくつくつと愉快そうに笑った。

「ベルの娘とこうやって呑む日が来るとはな……ついこの前までは考えもしなかった」

「なんだい、爺臭い事言って」

「うるせえ」

パーシヴァルはカシムを小突いた。アンジェリンはくすくす笑う。

「カシムさんだって、前に似たような事言ってたよ……」

「あ、お前、そういう事はばらすなよぉ」

「あんだと？　おいカシム、人の事ばっか言いやがって」

パーシヴァルが拳でカシムの頭を小突いた。カシムは頭をさすった。

「魔法使いをどつくんじゃないよ、君は力が強いんだから」

「自業自得だ、お調子モンが」

また小突かれたカシムは、恨めしそうな顔でパーシヴァルを見た。

「昔っから乱暴なんだから」

「そういうお前は昔から生意気だ。一番年下の癖して」

「ベルはともかく、君とサティは年上って感じはしなかったぜ」

「やかましい。そういう所が生意気だっつってんだよ」

カシムはカウンターに両肘を突いて体を前に傾け、アンジェリンを見た。

「ほら-、お前がばらすからパーシーが調子に乗っちゃったじゃないの」

「ごめんね」

アンジェリンはふふっと笑って、お湯割りを舐めた。

そういえば、パーシヴァルと合流してから、ベルグリフを除いたこのメンツだけで呑むのは初めてかも知れない。そういうタイミングを逃していたんだな、とアンジェリンは思った。

パーシヴァルも含めて親父三人が語る昔話は、どれもこれも楽し気で、それがとても羨ましく感じた。ほんの一、二年一緒にいただけの四人なのに、こんなにも沢山の出来事があるものなのか、とアンジェリンは思った。

自分の思い出と同じくらいの濃厚さを感じさせるそれらは、勿論聞いていて楽しかったのだが、同時に嫉妬にも似た羨望を抱かせるにも十分だった。自分はまだ生まれてもいない頃の話なのだから当然とはいえ、それが妙に悔しいような気がした。

しかし、こうやってベルグリフ抜きで話すと、不思議とそういった感情が浮かんで来なかった。ベルグリフが、自分の知らない事で嬉しそうにしているのを目の当たりにするのが、嫉妬心を掻き立てられるのかも知れない。何だかベルグリフが遠くに行ってしまうような気がするのである。自分がひどく狭量な気がして、少し気分が落ち込みかけた。

　アンジェリンはぶるぶると頭を振って、嫌な考えを吹き飛ばした。

「……昔は四人で呑んだの？」

「ん？　ああ、そうか。そうだな。だが四人になったばかりの時は物入りで、却って金がなくなってな、装備や持ち物を整えるまでは水飲み冒険者だったんだ。何せベルが無駄遣いを許してくれなくてよ」

「そうそう、基本的には何となく遠慮がちに後ろにいる感じだったけど、そういう安全とか命にかかわる事は頑として譲らなかったね。けど少しずつ金に余裕ができたら呑みに行ったねえ。あの時は嬉しかったな」

　カシムが懐かしそうに目を細めた。パーシヴァルがからから笑う。

「冒険者ってのは宵越しの金なんぞ持たねえって連中も沢山いたな。大金が入ったらパーッと飲んで振る舞って使っちまう。俺もベルと組むまではそれが普通だと思ってた」

「そうそう。オイラも冒険者ってそういうもんだと思ってたよ。だからベルみたいに真面目な奴に、最初は面食らったね。何だか詰まんないなとも思ったもん」

「そうか……そうだな。俺も勧誘してから、とんでもねえ奴を引っ張っちゃったかなと思った時もあったな。生真面目で、冷静で、面白味がないような気もした。詰まらねえ生活が嫌で冒険者になった筈なのにってな。だが依頼に出れば頼りになるし、おかげでここまで生き残る事が出来た。それにな、ベルは真面目だが融通が利かねえってわけじゃないからな」

「うん。それはオイラもちょっとしてから気付いたよ。あいつはいっつもオイラたちの事を考えてくれてたもんね。それに気付いてからは、ベルの頑固さも有難く感じるようになったな。頼れる兄ちゃんって感じでさ、パーシーとは大違い」

「だから一言多いんだよテメーは」

お父さんらしいや、とアンジェリンは口端を緩めた。

ブランデーを一口飲んで、想像してみた。ベルグリフもカシムもまだ髭が生えていなくて、パーシヴァルも若く、眉間には怒り皺も寄っていないだろう。サティは……と考えたが、かつて彼らの仲間だったというエルフの少女の姿はイマイチ想像しきれなかった。

思い出話の中の気の強いエルフは、どうしてもマルグリットの姿で想像してしまう。そうじゃない、と思うとモーリンが浮かぶ。アンジェリンの中でのエルフ像はあの二人とグラハムだけだ。

「サティさんって、どんな人だったの？　美人だったんだよね？　マリーみたいだった？」

パーシヴァルが考えるように視線を泳がした。

「いや……マリーとは違うタイプだった」

「じゃあモーリンさん……？」

「とも違うな。まあ、雰囲気はモーリンの方が近いが、背はモーリンより低かった。髪はもう少し長かったし、眉が太くてな」

「でも肌はもちもちだった。髪の毛もさらさらで柔らかかったね」

「エルフなんだから当たり前だ馬鹿。目つきはおっとりしてる癖に頑固で意地っ張りで」

「へっへっへ、パーシーはよく喧嘩してたもんね」

「猫がじゃれ合うようなもんだったがな、今考えれば」

思い出すように話す二人の表情は優し気だった。

アンジェリンはまたブランデーを一口含んだ。少し冷めて、もう鼻に抜ける酒精はない。その分甘味が増したように思われた。

パーシヴァルの口から聞くサティの事は、ベルグリフやカシムの語る姿とはまた違ったものをアンジェリンに想起させた。その姿は、三人のうち誰よりもサティと仲の良いように思わせるものだった。

三人が三人、それぞれにサティの事を覚えており、間に挟まった時間が、あるイメージは鮮明にし、あるイメージは曖昧にさせているような気がした。友情や愛情、憧憬。

アンジェリンは酢漬けの木の実を一粒口に入れた。

「パーシーさんとカシムさんは、サティさんと結婚したいって思った？」

藪から棒の一言に、パーシヴァルは吹き出しかけた酒をかろうじて口の中にとどめた。カシムは額に手をやって大笑いしている。

「……突然何を言い出すんだ、お前は。げほっ」

鼻の方に酒が抜けかけたのか、やや涙目になったパーシヴァルが言った。咳も出そうになったのか、匂い袋を取り出して鼻に当てている。

「だって美人だったんでしょ……？　一緒にずっと行動してたんだし……」

「へっへっへ、若者めー。ま、今考えれば確かにオイラもサティに惚れてたのかもね。今は全然そんな事思わないけど」

「そうなの？　なんで？」

「だってオイラにはシエラがいるもん」

「あ」

そうだった、とアンジェリンは頭を掻いた。マンサのギルドマスターの姿が頭をよぎった。パーシヴァルが匂い袋をしまいながら怪訝な顔をした。

「誰だ、そいつは。カシムお前いつの間に」

「まあまあ、それはまたゆっくり……けど、サティに見つめられて意味もなくドキドキした事もあったね、パーシー？」

「チッ、はぐらかしやがって……まあな。だが美人に見つめられれば照れ臭くなるのは当たり前だ」

「それだけ……？」

「さてね。今となっては単なる照れだったのか恋慕だったのか、イマイチ思い出せねえな」

上手く逃げられたような気がする、とアンジェリンは不満そうに頬杖を突いた。

サティの話を聞く度に、父親であるベルグリフのお嫁さんはサティだと勝手に思っていたが、パーシヴァルの話を聞くほどにそれが揺らいでしまう。それはそれで、と安心しかけている自分がいる事に嫌なものを感じながら、アンジェリンはもうぬるくなったブランデーを一息に飲み干した。

「……お父さんはどうだったんだろ」

もちろん、ベルグリフにもサティが好きだったか聞いた事はある。けれどもやはり昔の事だとはぐらかされてしまった。朴念仁のベルグリフの事だから本気で言っているらしいのは確かである。

だからアンジェリンも追及しきれずにいた。

パーシヴァルが面白そうな顔をしてアンジェリンを見た。

「もう一杯飲むか?」

「ん……もらう」

「調子出て来たねえ、へへへ」

バーテンに注文しながら、パーシヴァルが言った。

「ベルは間違いなくサティに惚れてたぜ。サティもベルが一番好きだっただろうよ」

アンジェリンは驚いてパーシヴァルを見た。パーシヴァルはにやにや笑いながら横目でアンジェリンを見た。

アンジェリンは口をぱくぱくさせた。自分の事でもないのに、なんでか頬が熱くなるような気がした。違う、ブランデーのせいだ。両手で頬を押さえた。しかし手の平も熱いように感じる。額を指先でつんと押された。

「なんでお前が照れてんだ」

「だって……だって、パーシーさんとサティさん、喧嘩するほど仲が良いって感じ……」

「別に俺とサティの仲が悪かったわけじゃねえよ。だが、俺とあいつは好敵手って感じだった。べルといる時のサティは明らかに安心しきってたからな、ずっと一緒にいたいと思うなら、俺よりもベルだったろうさ」

「え、そうなの？　オイラ全然気づかなかった」

「相変わらずガキだな、お前は。ま、俺も今になってそう思うんだがな。当時は何となく流していただけだった。俺とは喧嘩友達って感じだったたし、かといってカシムに惚れるのはあり得ねえ。となるとベルしかいねえだろ」

「オイラはあり得ないって、ちょっと失礼じゃない？」

「お前はサティが自分に惚れると思うのか？」

「うんにゃ、全然」

「だろ？　そういう事だ」

呆然と目の前の会話を聞いていたアンジェリンは、ハッとして首を振った。

「あの、あの……お父さんは、それ知ってるの？」

「どうかな。それはベルに聞けよ」

「だってお父さん、そんな事ないって、昔の話だって言うんだもん……」

「ははっ、ベルらしいな。ま、これはあいつの問題だ。俺がとやかく言う話じゃねえよ。四十越えて他人に愛だの恋だの世話されるのは恰好付かんだろ。なあ、カシム」

「え？　あ、まあ、そうかもね」

カシムはバツが悪そうに髭を捻じった。

アンジェリンは何となくドギマギしながら目の前に置かれたコップに口をつけ、熱さに驚いて慌てててカウンターに置いた。

「――ッ！　パーシーさんは、あの、今ではサティさんの事好きじゃないの？」

「俺はサティに随分辛く当たっちまった時がある。罪悪感の方が強くて、今更好きだの何だの言えねえんだよ」

「あ……」

そんな話を聞いたような気がする。ベルグリフの足を治す方法を探して、三人で苛烈な日々を送っていた頃の話だ。

しゅんとしたアンジェリンの背中を、パーシヴァルが笑って叩いた。

「そんな顔するなアンジェ。過去は変えられんが、俺はようやく未来を向けたんだぞ。それに、お前だって母親が欲しいらしいじゃねえか。俺がベルのライバルじゃなくてよかったなあ？」

「う、うん……でも……」

もじもじするアンジェリンを見て、カシムがにやにやした。

「ははーん、さてはアンジェ、お前サティにベルを取られるのが怖いんだろ？」

「え！　い、いや、そんな事……」

唐突に核心を突かれたような気がして、アンジェリンは視線を泳がした。

パーシヴァルが愉快そうに笑ってアンジェリンの頭をわしゃわしゃと撫でた。

「なんだなんだ、可愛い奴だな。だが安心しろよ、ベルの中じゃいつもお前が一番だよ」

「そうそう。色々話すけどさ、オイラたちとの思い出話よりも、お前を育てた時の事とか、親子でのトルネラでの暮らしの事とか、そういう事を話し出すとベルの奴、俄然張り切るんだぜ？」

「ああなるとよく喋るよな。最近面白かったのは、お前が三歳の時だったか、怖い夢を見たとかで寝床で夜尿かまして、夜中に下の藁を全部取り換える羽目になったたっていう」

「わ、わわわ！」

アンジェリンは頬を真っ赤にしてパーシヴァルをばしばし叩いた。お父さんめ、なんて事をばらすんだ。

パーシヴァルは笑いながら、アンジェリンの頭を鷲摑みにしてぐりぐりと動かした。

「俺に当たるんじゃねえよ、怒るんならベルに言え」

「うぎゅう……」

カシムがコップを空にしてカウンターに置いた。

「そういう話をする時のベルはホントに嬉しそうでさ。今も口には出さないけど、アンジェと一緒に旅ができてるのが嬉しいみたいだよ」

「だな。あんまり自慢しないようにしてるみたいだが、お前の話をする時の口ぶりは親馬鹿そのものだぜ。聞いててこっちが恥ずかしくなるくらいだ。サティもあれを食らうと思うと今から楽しみでならねえな」

初めてアンジェリンがお父さんと呼んでくれた時の話をするベルグリフの緩んだ表情や、剣の練習で垣間見たアンジェリンの才能を熱っぽく語る様子など、二人はあれこれとベルグリフの事を話して可笑し気に笑った。

何だか、体の芯が熱くなって来るようだった。

お父さんは、ずっとお父さんだったんだ。昔の友達と再会しても何も変わってなかったんだ。

心の片隅でじくじくと疼いていたどす黒い感情が、急激に消えて行くように思われた。

「えへ……えへへ……」

急に顔がにやけて戻らない。自分で自分の頰をむにむにとつまんだが、余計に緩むばかりだ。困る筈なのに、嬉しい。カシムが面白そうな顔をして髭を捻じった。

「嬉しそうじゃないの」

「ふふ、ふふふふ……」

アンジェリンはにまにま笑いながら、ぺたんとカウンターに頰を付けた。木造りのカウンターはひんやりと冷たくて気持ちいい。そのままのたのたと顔を左右に揺らしている。パーシヴァルとカシムは顔を見合わせた。

「溶けそうだな」

「上がったり下がったり、忙しい奴だね、まったく」

しかしアンジェリンの方はちっとも気にした様子はない。にへにへと表情を緩めたまま、少しぬるくなったブランデーを一息で飲み干した。酒精が喉に引っかかって小さくむせ込んだが、それでも手を上げてお代わりを注文した。パーシヴァルが目を丸くした。

「おいおい、何やってんだ。そんな飲み方したら潰れちまうぞ」

「ふふ……いいの。飲むの。ふふ……」

目の前に置かれたコップから立ち上る湯気が、ゆらゆらと生き物のように漂って宙に溶けた。

○

朝、部屋でごそごそと荷物を確認していたら、アンジェリンが後ろから飛び付いて来たから、ベルグリフは危うく前のめりに倒れかけた。

「おはよう、お父さん！」

「あ、ああ、おはようアンジェ」

「えへへ……お父さん！　なんで、おねしょの事パーシーさんたちに話すの！」

「え、いや……だってまだ小さい時の話だし……」

「わたしだって女の子なの！　昔の話でもそういう事は内緒！」

「あ、ああ、ごめんな……というか何で知って」

アンジェリンは答えを待たずにぐりぐりとベルグリフの背中に顔を擦り付け、それから髪の毛に口元をうずめてすうすうと息をした。吐息がくすぐったい。

ベルグリフは困惑しながらも、手を伸ばしてアンジェリンの頭を撫でてやった。

ここまでの旅路でもこんな風に突然甘えて来る事があったが、その時は何だか情緒不安定の感があった。しかし今回は完全に一昔前の全力で甘えて来るアンジェリンの姿である。何かあったのだろうか、とベルグリフは首を傾げた。向こうのテーブルでパーシヴァルとカシムがにやにやしながら見ている。

「……御機嫌だね、アンジェ」

「うん！」

アンジェリンはパッと離れると、屈んだベルグリフの前に向き合うようにぺたんと座り込んだ。嬉しそうに満面の笑みを浮かべている。

「サティさん、見つけようね！」

「そ、そうだな……どうした？　なんでそんなに元気……」

「わたしも支度して来る……！」

ベルグリフが言い終える前に、アンジェリンは軽い身のこなしで部屋を飛び出して行った。突風が吹きぬけて行ったような気分で、ベルグリフは首を傾げた。

「なんなんだ、一体……」

「アンジェはお前の娘って事だよ」

「そうそう」

「……だが、余計な事をしたような気がしないでもない」

「そうだね」

「……？」

要領を得ない事を言う二人に、ベルグリフは余計に困惑したが、ひとまず荷物をまとめてしまおうとまた作業に戻った。

今日は二手に分かれる。とはいえ、フィンデールに残るのはベルグリフとパーシヴァルの二人だけだ。だから荷物を少し分けて、必要なものを持ち分けなくてはならない。夕べに軽く支度はしたが、明るくなってからきちんと確認しておく必要がある。

顔を洗いに外に出ていたイシュメールが戻って来た。荷物を整理するベルグリフを見て、少し寂し気に頭を掻いた。

「唐突なお別れになりそうですね、ベルグリフさん」

「ああ、そうだね。イシュメールさん、色々と世話になって……アンジェたちをお願いします」

「いえいえ、カシムさんもトーヤ君たちもいる事ですし、私のやれる事はありませんよ。こちらこそお世話になりました。いずれトルネラにお邪魔したいですね」

「はは、それは願ってもないな。でもその前に帝都の工房にこちらがお邪魔するかも知れないよ」

「ええ、是非とも」

「おいおい、もうお別れムード出してどうすんだ。朝飯もまだだってのに」

パーシヴァルが呆れたように言った。ベルグリフは苦笑した。

「そうだな……荷物は大丈夫だ。朝食に行こうか」

「よっしゃ、腹減った」

カシムが立ち上がった。

酒場のスペースは朝から賑やかである。この辺りは街道が広く、人の行き来も多いから、夜間の移動を行う者も多いらしい、朝になって到着したらしい連中が、疲れも相まって嫌に騒がしく酒を飲んでいる。どこも椅子が埋まっていて、ようやく座れるという風だ。皆して同じテーブルで食事を取るというわけにもいかない。

後になって入って来た女の子たちとおはようの挨拶をしながらも、別の席でそれぞれに食事を取った。

そうして荷物を持って宿を出、建物の前でアンジェリンたちを待ちながら往来を眺めていると、一足先に出て来たマルグリットがベルグリフを小突いた。フードをかぶって、銀髪と耳を隠している。

「二人っきりで大丈夫かよ？　捜し切れるのか？」

「はは、心配かい？」

「別に。聞いてみただけだし」

パーシヴァルが大きくあくびをした。

「ま、元より二人で捜し切れるとも思っちゃいねえよ。どうせ帝都までは一日かからんくらいだ、何かありゃすぐに合流できるさ」

「ふぅん……じゃあ初めっから全員で帝都に行きゃいいんじゃねえの？」

「何があるか分からないからね、それでタイミングを逃したら悔しいじゃないか。それに、わざわざ全員でサラザール殿に会う必要も元々ないわけだし」

「それもそっか」

マルグリットは納得したように頷いて壁にもたれかかった。

数頭連れの灰色の馬が往来を下って行く。大きな荷物を背負った丁稚の少年が、主人らしい恰幅のいい商人の後ろを早足で付いて行く。その向かいからは冒険者らしい武装した一団がやって来てすれ違った。

マルグリットがふんと鼻を鳴らした。

「さっさとそのエルフを見つけろよな。とばっちり食らっていい迷惑だぜ」

「そうだな。けどマリー、昨日はよく抑えたな。偉いぞ」

「……ま、まあ、ホントはぶっ飛ばしてやりたかったけどな」

「何言ってやがる、止めなきゃ跳びかかりそうな勢いだったじゃねえか。俺とベルが前に出たからよかったものの」

「ま、気持ちは分かるけどね。あそこで乱闘になってたらホントにお尋ね者になってたぜ、へへへ」

マルグリットは口を尖らした。

「お前らだって、エルフ領で人間だからって理由で捕まりそうになったら怒るに決まってるだろ。あんなの理不尽だぜ、怒らない方がどうにかしてらあ」

「……そりゃそうだ」

「そう考えると確かに理不尽だね。よしよし、いい子いい子、頑張ったねえ」

「やめろ馬鹿、お前に撫でられても嬉しくねえ」

頭を撫でるカシムの手を、マルグリットはムスッとして振り払った。カシムは笑って手をひらひら振った。

「へっへっへ、やっぱりこういうのはベルの役目かあ」

「ちょ、なんでベルが出て来んだよ！　関係ないだろ！」

マルグリットはカシムを小突いて怒った。ベルグリフはくつくつ笑う。

「早く解決しないとな。マリーも本当はフィンデールをゆっくり見てみたいだろう？」

「う、うん……」

マルグリットは遠くを見た。建物が幾つも向こうまで連なっている。朝の空気で昨日よりも景色が澄み、遠くまではっきりと見えるように思われた。広い町だ。ほんの数日ではとてもすべて見て回る事はできないだろう。

やがてアンジェリンたちも出て来た。ベルグリフたちが出る時にはいなかったトーヤとモーリンも一緒である。フードをかぶったモーリンは大あくびをしていた。

「ふあ……はー、おはようございます」

「なんだ、寝不足か？」パーシヴァルが言った。

「いえいえ、さっき起きたところで」

「いつも朝が遅いんですよ、モーリンは」

トーヤがあきらめ気味にそう言った。食事といい、彼女は随分マイペースだなとベルグリフは小さく笑った。

料理も中々出てこなかったから、もう陽が高い。アンジェリンがベルグリフの腕を取った。

「行こ……」

「ああ。そういえば、リーゼロッテ殿が便宜を図ってくれるとか言っていたね」

「うん。帝都に着いたらリゼに会いに行く」

昨夜大いに話をして盛り上がったリーゼロッテは、夜になってから帝都まで帰って行った。この辺りはそういう事ができるくらい治安がいいようだ。だから夜間行軍で旅をする行商人も多いのだろう。

マルグリットとモーリンが変に勘繰られないようにと、大公家の名前の紹介状をしたためてもくれたようだ。何か揉め事が起これば、それを見せるようにという事である。まだ小さく、子供のような無邪気さだったのに、随分と手回しが良いとベルグリフはすっかり感心した。

ともあれ、それで乗合馬車の集まる広場まで行った。人も多いが馬車も多い。それほど苦労せずに帝都行きの馬車を見つける事ができた。

「アンジェ、忘れ物はないね?」

「うん」

乗り込む前に、アンジェリンはベルグリフにぎゅうと抱き付いた。そうして胸元にぐりぐりと顔を押し付けた。

「……よし。行って来ます」

「ああ、行ってらっしゃい。気を付けてな」

「お父さんも気を付けてね……ふふ」

アンジェリンは嬉しそうに顔をほころばせて馬車に乗り込んだ。先に乗っていたアネッサとミリアムが不思議そうに顔を見合わせている。

「……なんか、朝から機嫌いいよな、アンジェの奴」

「調子が戻って来た感じだよね」

何か良い事でもあったのだろうか、とベルグリフは首を傾げた。パーシヴァルとカシムが面白そうな顔をしている。

イシュメールとも改めて別れの挨拶をし、トーヤとモーリンにも挨拶する。モーリンはいつもの調子だが、トーヤは何となくもじもじしていた。

「あの……ベルグリフさんがトルネラに帰っちゃう前に、また会いたいです」

「はは、そうだね。二人には随分世話になったし、色々解決したら、ゆっくりお酒でも呑もうか」

「は、はい！」

トーヤは嬉しそうにはにかんで、ベルグリフの手を握った。

乗客が皆乗り込むと、別れを惜しんでいる暇もないまま、慌ただしく馬車が動き出した。アンジェリンたちが首を出して見返り、大きく手を振った。馬車が広場を出、通りを曲がって見えなくなるまで、ベルグリフはそれを見送った。

隣に立ったパーシヴァルが首を回した。

「さーて……こっちも動こうかね」

「そうだな。ひとまず情報を集めようか」

「ギルドに行くか、兵士の詰め所に行くか……ま、焦る必要もないだろう」

パーシヴァルはにやりと笑ってベルグリフの肩を叩いた。

「こういうのは懐かしいな、おい」

「はは、そうだな」

ベルグリフは微笑んで、義足でこつこつと地面を小さく蹴った。

「……でも、まずはもう少し小さい宿を見つけないとな。荷物を担いだままじゃ動きづらい」

「それもそうか。ははは、お前はやっぱり冷静な奴だ」

パーシヴァルは愉快そうに笑ってマントを翻した。

ベルグリフは荷物を担ぎ直し、その後を追った。

一〇六　銀髪を束ねた上から布を巻いた

銀髪を束ねた上から布を巻いたエルフの少女が、ムツカシイ顔をして鍋の中身を睨んでいた。脇に置かれた調味料の小箱に目をやり、小瓶の一つに手を伸ばしては引っ込め、別の小瓶に手を伸ばして、また手に取らずに引っ込める。手に取ったと思ったら中身を見、匂いを嗅いで、首を傾げて元に戻す。何を使うか迷っている様子である。

少し後ろに立つ赤髪の少年は、ややはらはらした面持ちでそれを見守っていたが、やがて声をかけた。

「……大丈夫かい？」

「大丈夫。あなたは見ててくれればいいから」

エルフの少女は眉間に皺を寄せたまま少年の方を見、それからまた鍋を見た。小瓶に手を伸ばす。首を傾げてやめる。

魔法薬でも作っているのかと思われる状況だが、料理をしているのである。ごった煮と揶揄される味気ない食事をからかわれたエルフの少女が、赤髪の少年に教えを乞うたのだ。しかしながら中々埒が明かない。ほんの少し教えると、もう少女は少年そっちのけで鍋に向き合って唸っている。

「……ねえ、別にそんなに迷わなくても」

「駄目なの。うんとおいしいのを作って、あの二人をぎゃふんって言わせてやりたいの」

「それなら俺がちゃんと教えるから……」

「違うの。それじゃあなたの料理じゃない。わたしのオリジナルで勝負をしなくちゃ」

「そうかなあ？」

少年にはイマイチ分からなかったが、少女の顔は真剣そのものである。諦めてまた黙って見守ってやる事にした。

「塩はいい筈……香辛料……香草？　辛いのじゃなくて……うーん……」

ぷつぷつ呟いている。鍋の下の火は燃えている。中身はふつふつ煮立っている。赤髪の少年はじれったい気分で、しかし口出しせずに黙っていた。

「よし……これ。決めた！」

いよいよ小瓶を手に取って中身をぱらぱらと振る。それで勢いが出たのか、少女は先ほどまでのまごまごした様子とは裏腹に、迷いのない手つきで幾つかの小瓶を手に取って味付けした。

「これでよし！」

少女は満足げに笑うと、鍋の中身を木杓子《きじやくし》でかき混ぜ、すくい上げて口に運んだ。

「……どう？」

少女が黙っているので、少年はおずおずと声をかけた。エルフの少女は振り向いた。渋い顔をしている。

「どうしたの？」

「……焦げちゃった」

○

街道の脇に大きな広い演習場があって、そこで帝国兵らしいのが二組に分かれて模擬戦を行っていた。大小の天幕が張られ、軍馬がいななき、鎧や武器の触れ合う音が聞こえる。これは盗賊も近づかないだろう、とアンジェリンは思った。

乗合馬車は相変わらず良い乗り心地とは言えないが、道が整備されている分、北部よりも楽なように感じる。イスタフ方面からフィンデールまでの道も整備されてはいたが、この道は流石に帝都への道である、王侯貴族も行き来するだろうから、その手入れのされようは驚嘆に値した。

マルグリットが目を輝かせて馬車から顔を出している。

「すげえな。道がめちゃくちゃ綺麗だ」

「でしょ。俺たちも最初帝都に来た時は驚いたからね」

トーヤが言った。アネッサが頷く。

「これなら馬車もかなり速度が出せそうだな」

「ええ。フィンデールから帝都は距離が近いのもありますが、この道の綺麗さが移動のしやすさを助長しているんですよ。それで行き来が早いんです」

イシュメールが言った。カシムが山高帽子をかぶり直す。

「オイラが帝都にいた時よりも綺麗になってるね。最近だろ、これ？」

「今のベンジャミン皇太子の提案だそうですよ。あの演習場の設立も皇太子の発案らしいですね。それでこの辺りからは盗賊の姿も消えましたし、魔獣も少ないんです。それで以前よりもさらに交易が活発になって、帝国の経済状況も上向きのようですね」

「ベンジャミンか」

カシムは眉をひそめて髭を捻じった。アンジェリンは目をしばたたかせた。

「たしか、大公家で会った人だよね……？」

「ああ……ちょいと気を付けた方がいい相手だね」

「えー、なんで？　だって凄く優秀な人じゃない」

ミリアムが不思議そうに首を傾げた。街道整備に演習場による治安維持など、確かに目に見えて成果は大きい。カシムはちらと周囲を見回して声を抑えた。

「大公家でフランソワをアンジェにけしかけたのはそいつなんだよ。傍目には優秀かもしんないけど、腹の底じゃ何考えてるか分かったもんじゃないぜ」

「フランソワ……あ、リゼのお兄さんの」

昨日も話が出た。大公の妾腹で、大公家そのものに対して何か含むところを持つ男だった。自暴自棄のカシムを擁し、アンジェリンと戦わせようとした張本人である。結局冬の河に放り込まれる羽目になったのだが無事であったらしい。

そのフランソワも今はベンジャミン皇太子の親衛隊であるようだ。

何か嫌な予感がする。アンジェリンは眉をひそめた。リーゼロッテに会いに行けば、フランソワやベンジャミンと出くわす可能性も高い。少し迷うところだ。

カシムが嘆息して馬車の壁にもたれた。

「ま、そういう相手だと警戒してりゃ大丈夫だよ。気を付けろよー、顔は絶世の美男子だから、お前ら知らなきゃころりと惚れちまうぜ」

「えー、美男子なの？　それはちょっと見てみたいなー。ねー、マリー」

「なんでおれに言うんだよ」

「皇太子さん、一度見た事ありますよね、トーヤ。確かに美男子でしたね、もぐもぐ。そんな裏のあるような人には見えませんでしたけどねえ」

モーリンはジャムを塗ったパンをかじりながら言った。トーヤがかくんと首を垂れた。

「そういうのどこで手に入れて来るの？　まあ、確かに皇太子は美形だったね。随分気さくに笑う人だなって思ったよ。人は見かけによらないって事なのかなあ……」

そういえばそうだった、とアンジェリンは思い出した。嫌に馴れ馴れしいのはともかく、朴念仁のアンジェリンですら、まあ素敵ではある、と思うくらいではあった。しかし、何となく嫌なものを感じて心を許せなかったのだが、カシムの話を聞いて合点がいった。裏のある男のようである。

別に帝都に入ったからといって必ずベンジャミンに会うわけではない。そもそもSランクとはいえ一介の冒険者が皇太子に会う事自体が稀なのである。だが、向こうから近づいて来ればその限りではない。しかも今回はリーゼロッテという大公の娘の伝手がある。そこからベンジャミンに何かしら伝わってもおかしくはあるまい。

ただ、ベンジャミンの腹の底が読めない。

勲章を貰う若い冒険者という珍しい存在であるとはいえ、わざわざ自分に拘泥する理由がちっとも思い当たらない。若くて美人、というのもピンと来ないけれど、もしそうだったとしても美形の皇太子であればそんな女はより取り見取りだろう。そうなると、強者同士を戦わせて面白がる変態か……。

アンジェリンはしばらく難しい顔をして考えていたが、諦めて息をついた。よく知らない他人の心の内を想像することほど難しい事はない。

考えるだけ無駄な気がした。いざ何か起きたなら、その時はその時だ。油断せずにいれば冷静に対処できるくらいには自分は強い。カシムクラスの実力者をぶつけられては苦戦するかも知れないが、負けはしない。そう思った。

こつん、と頭を小突かれた。見るとマルグリットが錆浅葱《さびあさぎ》色の瞳でアンジェリンを見ていた。

「難しい顔しやがって、足りない頭で何考えてんだよ」

「足りないとはなんだ……マリーほどお馬鹿じゃないぞ」

「なんだとコンニャロー」

「なに喧嘩してるんだよ、やめろって」

アネッサが呆れたように言った。

斜に射していた陽光がさらに傾き、次第に色に厚みが増して来た。街道周辺の平原に大小の畑が広がり始めたと思うや、向かう先に大きな都の影が見え出した。

畑の近く、とはいっても街道からは少し離れているが、その辺りに小さな集落のようなものが幾つも連なっていた。木造り、石造り、さらには天幕のようなものが並んでいる。農民たちの居住地だろうか。

アンジェリンは馬車から身を乗り出して前を見た。

帝都は背後に山を抱え、その山の斜面にまで建物は広がっているらしい。平原と都を遮るようにして城壁が横に延び、見張り塔らしいものが幾つもそびえている。

遠目にはそれほど大きくないと感じたが、見え始めてから近づくまでに思った以上に時間がかかるなと思うや、気づくと恐ろしいほどに高い城壁が目の前にあった。人や馬車などの行き来が多い。

城壁に沿うようにして広く深い濠《ほり》が掘られ、緑色の水が揺れている。

その畔《ほとり》に天幕がいくつも並び、荷車が行き交い、人が声を張り上げ、大道芸人が音楽を奏で、馬がいなないて鶏が駆け出して、無暗に騒々しい。どうやら自由市のようなものが開かれているようで、たいへんな賑わいである。

乗合馬車の停留所も城壁の外にあった。外で降りて、徒歩で都に入るらしい。城壁には幾つか入り口があるようで、目的の場所へ向かうには降りてからさらに移動しなくてはいけないようだ。

馬車から降りたが、まだ都に入る前にもかかわらず、そこいらは人でごった返し、天幕や露店に様々な商品が並べられて、威勢のいい行商人たちが鎬を削っている。

アネッサが呆気に取られた様子で呟いた。

「凄いな……町の外じゃないのか、ここ」

「驚いた？　行商人の数が多いから、こうやって町の外で市が開かれてるんだ」

トーヤがそう言って向こうを指さした。

「かなり向こうまで続いてるんだ。時間があったら見てみるといいよ。大陸各地から人が集まってるから、面白い店がたくさんある」

「そうなんだ……見きれるかな」

これに加えて都の中にも普通に店も市もあるだろう。都に入る前から圧倒されるようだ、とアンジェリンは身震いした。オルフェン、ヨベム、イスタフ、フィンデールと大きな町はいくつも知っているけれど、やはりここはそれらと違う何かがあるように感じた。

マルグリットがわくわくした様子で辺りを見回している。

「すっげーな！　この城壁、見晴らしいいだろうなー。上れるのかな？　どうなんだ、イシュメール？」

「さあ、城壁は軍の管轄ですから上れるかどうか……」とイシュメールが肩をすくめた。

「なんだ詰まんねーの」

マルグリットは足元の小石を蹴った。カシムがあくびをして帽子をかぶり直した。

「さーて、どうすっかね。おチビのとこに行ってみるか、腹ごしらえするか」

「そういえばお腹空いたねー。リゼのお屋敷までも結構距離ありそうだし、先にご飯食べるー？」

「それもありだな……もう夜も近いし、今夜の宿は他に取って明日行ってもいいかも」

とアネッサが言った。アンジェリンは頷きかけたが、ふと思い出したようにトーヤに声をかけた。

「あ、でもサラザールさんにはいつ会える?」

「会おうと思えばいつでも会えるよ。ただ、山の裾に研究室があるから、ここからまた小一時間移動しなきゃだけど、どっちみち素材を渡しに行かなきゃいけないし……あー、そうだ。俺たちギルドにも行かなきゃいけなかったな」

「サラザールもギルドもどうでもいいですよう、ご飯食べましょ、ご飯。おいしいファバダが食べたいです」

「ファバダって?」

「モーリン……君馬車でも色々食べてなかった?」

「乾燥白豆の煮込みです。切った腸詰と塩漬け肉が入ってて、トロトロに煮込まれておいしいんですよ。それに堅パンを浸して……そうだ、野菜たっぷりのモルネーもいいですねえ……あ、モルネーっていうのは野菜とか肉を乳とチーズのソースで煮込んで、深皿に入れて焼くんです。わたしは魚の入ってるのが好きなんですけれどね。あー、でもローデシア豚の炙り肉も捨てがたいなあ……皮目が焦げるくらいぱりぱりで、でも脂が溶けるようで」

モーリンは言いながら料理を想像しているのか、恍惚とした表情をしている。

何だか腹が鳴るようである。アンジェリンはへその辺りを手の平で撫でた。トーヤはやれやれといった顔をして額に手を当てた。

「まったくもう……どうする？　もし食事に行くなら馴染みの店に案内するけど」

「モーリンさんの話で余計にお腹減っちゃったよー、わたし行きたいなー。ねえ、アーネ？」

「んー、確かに……どうする？」

「おれ行きたい！　どれも食べた事ねえものばっかだし」

「うん……行こっか。折角帝都に来たんだし……いい、カシムさん？」

「いいぜ。焦っても仕方ないし、まずは腹ごしらえだ」

「決まりだね。じゃあとりあえず……」

と、トーヤが先導しかけたところで、イシュメールが手を挙げた。

「あの、私は一旦工房に戻ろうと思うのですが」

「あ……そっか。イシュメールさんも帝都に家があるんだっけ……」

「ええ。素材を持ったままというのもあれですし、一度荷物を整理したいなと」

「えー、じゃあここでお別れー？　ご飯一緒に食べましょうよー」

ミリアムが残念そうに言った。イシュメールは苦笑した。

「そうしたいのですが、生憎と工房が二番街にあるもので少し遠いのですよ……」

「むー、そっか……」

「皆さんは大公家の帝都屋敷にしばらく滞在予定でしょう？　私も荷物が整理できたらお邪魔しますよ。何かお手伝いできるかも知れませんし」

「嬉しい……ありがと、イシュメールさん」

「いえいえ、こちらこそご一緒できるのはありがたいですよ……それでは」

イシュメールは荷物を背負い直すと人ごみの中に消えて行った。一行はそれを見送ると、今度こそトーヤの先導で都の中に歩を進めた。

〇

兵の詰め所を出て、ベルグリフは難しい顔をして腕を組んだ。パーシヴァルは髪の毛を指先でくるくると弄った。

「手がかりらしい手がかりはなさそうだな。出くわしたのは駐屯の兵士じゃなくて、帝都から出向いて来た連中らしいし、騒ぎ以降エルフの姿はないと来た」

「そうだな……騒ぎのあった辺りの人たちに聞き込みをしてみようか」

「この分じゃギルドにも大した情報はなさそうだし、それがよさそうだな。魚屋だったか、確か」

「うん」

聞くところによると、魚屋で買い物をしていた女を帝都兵がいきなり斬り殺した。すると死んだ女が起き上り、エルフに姿を変えたという。

奇妙な魔法だ。あまり耳馴染みがない。禁呪や外法である可能性もある。カシムならば知っているかも知れないが、生憎と別行動だ。しかし魔法の詳細はこの際関係がない。あまり雑多に情報を集め過ぎても混乱する。

ベルグリフは町の地図を広げて場所を確認した。兵の詰め所に行った時に大体の場所は教えてもらってある。ここからは少し離れた場所のようだ。

パーシヴァルが小さく呟き込んで匂い袋を取り出した。

「……少し距離があるな」

「ああ。だが歩いて小一時間ってところだろう」

ベルグリフは地図を畳み、懐にしまって辺りを見回した。アンジェリンたちはもう帝都に着いただろうかと思う。

パーシヴァルが懐かし気に目を細める。

「思い出すな。最初は二人であちこち歩き回った」

「そうだったな。その最中にカシムに会って」

「あの頃のオルフェンもこんな風に賑やかだった気がする」

「はは、今もそうだよ」

露店でケバブを買い、軽く腹を満たしてから件の魚屋に向かった。下町の一角で、賑やかな通りに面した店らしい。人の往来が多く、よそ見をして歩くと人にぶつかりそうだ。一度通りの流れから逃げ出して、邪魔にならない所で改めて地図を開く。

「この辺の筈なんだが」

「店が多いな。土地勘がないと見分けが付かねえ」

しばらくその辺をうろうろしたが、ようやく見つけ出した。壊れたのを直したらしい台に魚が並べられている。客の相手を終えた女将に声をかけた。

「あの、すみません」

「はいよ、いらっしゃい！」

「エルフについてお尋ねしたいんですが……」

ベルグリフがそう言うと、女将は露骨に嫌な顔をした。うんざりしているように見える。

「またかい……うちは魚屋だよ、講談小屋じゃないんだ。買わないならどっか行っとくれ」

どうやら例の騒動を聞きつけた野次馬が何度も冷やかしに現れているらしい。買いもしないのに話ばかりせがまれても良い顔はしないだろう。

パーシヴァルが台の上の大きな魚を掴んで持ち上げた。

「これをくれ」

「え？　あ、ああ、買うのかい？」

「買うからエルフの事を教えてくれ。足りなきゃもっと買うぜ」

「お、おい、パーシー」

「宿で料理させりゃいいだろ。こっちの切り身ももらおうか」

上客だ、と分かった途端に女将の態度が軟化した。しかしまだどこか警戒したような顔をして、魚を紙袋に包む。

「そうさね……あたしも詳しい事は知らないけど、エルフが化けてた娘は前々からよくうちに来てたよ。いつもそれなりの量を買ってくれてね、町外れで若草亭って食堂をやってるって言ってたたよ」

「若草亭……それはどこに？」

「帝都の兵士様が言うには、そんな店ないんだってさ。まったく、妙な話だよ。何だか気味が悪くてね、正直もう関わりたくないのさ。忘れちまいたいよ」

そう言って女将は身震いした。兵士が娘を斬った光景を思い出したのだろう。

女将はそれ以上の事は知らないようだった。これでは手詰まりだ。

ベルグリフが顎鬚を捻じっていると、背中の大剣が小さく唸った。はてと思って周囲を見回すと、何やら小さな人影が店の軒先に立っていた。子供くらいの背丈で、顔にはヴェールを垂らしているからよく見えないが、女の子らしい。しかし何かを確かめるように、じっと地面を眺めているのが分かった。

妙なものを感じてその人影を見ていると、不意に少女がこちらを見た。

目が合った、ように感じた。途端に何だか背筋に冷たいものが走るような気がした。大剣の唸りが少し大きくなる。

「むう……」

ベルグリフは眉をひそめた。

女の子がヴェールの向こうで笑った気がした、と思うや、突然背後から刺すような威圧感が辺りに漂った。女の子はびくりと身をすくめて、焦ったように早足で立ち去った。

ベルグリフが首を傾げて後ろを見ると、パーシヴァルが怖い顔をして少女の立ち去った方を睨んでいた。

「パーシー？」

「……鬱陶しい奴だ。気に食わねえ」

パーシヴァルは舌を打って匂い袋を取り出した。

「いや、確かに変だとは思ったけど、相手は子供だろう？」

「見た目だけだ。ったく、相変わらず帝都周辺ってのは妙な奴らがうろついてやがる」

ベルグリフは面食らった。見た目だけ、という事は中身は違うという事だ。何らかの擬態だろうか。それとも、マリアのように魔法で肉体年齢を操作しているのだろうか。

グラハムの剣が反応したのも気になる。何かよからぬ事が起こるのではないか、とベルグリフは訝しんだ。

パーシヴァルは匂い袋をしまい、買った魚の袋を持った。

「いずれにせよ、例のエルフには面倒事が付きまとってそうだな。気ぃ抜くなよ、ベル」

「ああ……」

ベルグリフは目を細めて辺りを見回した。相変わらずの賑わいだ。しかしその裏側で何か妙なものがうごめいている。知ってか知らずか、自分たちもその渦中に足を踏み出した気配を感じ、ベルグリフは口を結び、腰の剣の柄を握った。

もう日は暮れかけて、辺りにはすっかり薄暗闇が降りている。

街灯に火が灯り、道行く人たちの影が濃くなった。

心地よい旅だった、と往来を下りながらイシュメールは思った。

偶然の出会いが膨らみ、〝天蓋砕き〟という名のある魔法使いとも知り合う事ができた。ともすれば殺伐としがちな冒険者との旅路にあって、珍しく和気藹々とした一行に交じる事ができ、単なる素材集めの旅とは違った安らぎを得たように思う。

「……何とか力になれれば」

呟いた。彼自身、ベルグリフたちに好感を抱いているのは確かであったし、事情を知るほどに協力してやりたいという気持ちが募った。自分の研究は後回しにしてもいいと思ったくらいだ。

だが、ひとまずは自分の身の回りを一度整えねばならない。かなりの間、家は留守にしている。一度掃除をしなくてはならないだろう。すべてを投げ出すほど、もう自分は若くはない。

工房は通りから裏に入って、くねくねした路地を抜けた先にあった。

賑やかな表通りと違って、静かで、人通りも殆どない。石畳をこつこつと踏んで行く音が、建物に反響して上へ抜けて行く。

見慣れた木の扉が見えて来た。窓には木の板が打ち付けてある。魔法の実験には部屋が暗い方がいいのだ。しかし、いずれ彼らを工房に招いた時には陰気だと思われるだろうか。

イシュメールは小さく笑いながら、鍵を回して扉を押し開けた。

「……？　なんだ、これは」

何もなかった。

埃の舞う部屋の中には、記憶の中にある実験道具や魔導書の棚、魔術式や考察を書き連ねた書類の山積みになったテーブルなど、ある筈のもの一切がなかった。ただ、冷たい石の床と壁が、手に持ったランプの明かりに照らされているばかりだ。

おかしい。家を間違えたか？　いや、そんな筈はない。自分の家だ、間違えるわけがない。記憶が確かならば……。

いや待て。記憶？

自分は何の実験をしていたのだ？　棚に並んでいた魔導書は？

ここを出る前にはどんな考察をしていた？　脳裏に浮かぶフラスコや、それらをつなぐ硝子の管は何の為のものであったか？

いや、そもそも自分はどうしてここに暮らしていた？

それ以前は？　どこで魔法を修練した？　子供の頃は？

頭の中に映像はある。しかし、それらが自分にとって具体的なものとして結び合う事がないように思われた。まるで本や講談の中身のように、実体のない代物がただ情報として羅列されている、そんな気がした。

イシュメールは膝を突いて頭を抱えた。割れるように痛い。

「馬鹿な……馬鹿な……」

うわ言のように呟いた。自分は一体何なのだ？

ばたん、と音をさして背後の扉が閉まった。不意に妙な気配を感じてイシュメールは顔を上げた。

「誰だ……ッ！」

暗がりから人影が現れた。背が高く、黒い服をまとった男だ。顔の右側に刀傷があった。ゾッとするものを感じ、イシュメールはふらつく足で立ち上がった。

「く……何者だ……」

「役目は終わった」

黒い服の男はすらりと腰の剣を抜いた。先が欠けた長い刀身のカットラスである。イシュメールは荒い息をしながらも必死になって手を前に向ける。傍らに淡い光を放つ魔導書が浮かび上がった。ばらばらとひとりでにページがめくれ、魔力が渦を巻く。

「近づくな……！　来るな！」

「滑稽だ。貴様は最初から存在しない」

「馬鹿な……ッ！　私は……私は」

音もなく近づいて来た男は、まったく自然な動作で剣を突き出した。欠けているにもかかわらず、剣は易々とイシュメールの胸を刺し貫いた。抵抗する暇もなかった。

喉を生温かいものがせり上がって来た、と思う間もなく、イシュメールの口から血が溢れる。

「か、はっ……」

どさり、イシュメールは仰向けに倒れた。ランプが落ちて割れ、蠟燭が消える。魔導書は溶けるように姿を消した。分厚い眼鏡が地面に転がり、それを浸すように血が広がって行く。目から生気が失われた。冷たい死の気配が部屋に充満した。

男は剣を鞘に収め、死んだイシュメールを見下ろしていた。

すると、イシュメールの死体がぴくりと動き、操り人形が糸で持ち上げられるようにして立ち上がった。輪郭が霧のように曖昧になり、溶けるように吹き払われたと思うや、その向こうから白いローブを着、フードを目深にかぶった男が現れた。

「……ご苦労、ヘクター」

「下らん仕事を私にやらせるな、シュバイツ」

シュバイツと呼ばれた白い服の男はふんと鼻を鳴らした。

「それなりの疑似人格だ、お前でなければ抵抗されるだろう」

「少しは抵抗してくれた方が張り合いがあるというものだ」

「こちらはどういった状況だ」

「エルフは一度取り逃がした。しかし網は張ってある。フィンデールにはマイトレーヤが行った」

「そうか、よかろう。だが気を付けろと言え。フィンデールには〝覇王剣〟と〝赤鬼〟がいる。あまり明け透けな行動を取れば見抜かれるぞ」

シュバイツが言うと、〝処刑人〟ヘクターはにやりと笑った。

「〝覇王剣〟か。くく、とっくに死んだものだと思っていたが……私がフィンデールに行きたかったな、それは」

「貴様には別に獲物をくれてやる。ぬかるな」

「誰に物を言っている。しかし〝赤鬼〟とは何者だ？　聞いた事のない名だが」

「例の〝黒髪の戦乙女〟の父親だ。腕はよくて中の上、しかし〝パラディン〟の剣を持っている上に、洞察力は並ではない」

「ほう……〝パラディン〟の剣か」

ヘクターは面白そうな顔をして顎をさすった。シュバイツは確かめるように手を握って、開いた。

自分に言い聞かせるように呟いた。

「事象の流れは集約しつつある。この分ならばより強い渦になる……オルフェンで失敗した時はどうなる事かと思ったが……あれが始点だったわけか」

「……なんだと？」

怪訝な顔のヘクターを無視して、シュバイツは胸に手を当てた。

「行くぞ」

二人の姿が陽炎のように揺らめいたと思ったら、部屋には舞い飛ぶ細かな埃だけを残し、人の気配がなくなった。

一〇七　帝都ローデシアは山を背に

帝都ローデシアは山を背に、その裾に扇状になって広がっている。ゆるやかな傾斜になっている都は、山側に近づくほどに貴族たちの屋敷が立ち並ぶ。王城はもはや山の中腹にあると言ってよく、岩肌を穿って建てられた堅固な城は、夜になると窓に明かりが灯ってきらきらする。

その王城に寄り添うようにして、ローデシア帝国各地の有力貴族たちの帝都屋敷が立ち並んでいる。エストガル大公家の屋敷もそうだ。帝国北部を半ば独立した国として任されている大公爵の屋敷は、本領のお屋敷ほどではないものの流石に大きく、頑丈な造りと絢爛な装飾とで、圧倒されるような心持であった。

一晩帝都の宿を取ってから、翌日になって一旦トーヤとモーリンとは別れた。彼らはギルドに用事があるらしかった。

アンジェリンたちは特にギルドに用事はないし、帝都のギルドなぞ中央ギルドのお膝元みたいなものだから、アンジェリンとしては行きたくもない。だから別行動にという事にして、後で合流してサラザールの元に案内してもらう事になった。

それでひとまずリーゼロッテのお屋敷を訪ねた。来客用の一室に通されて、今は彼女を待っている状態である。

「ふあー……綺麗だなー」

「お、落ち着かない……」

ミリアムがきょろきょろと辺りを見回し、アネッサはやや居心地悪そうにソファに腰かけたまま、もじもじと小さく周囲を窺っている。カシムはソファにもたれて眠そうに目を閉じている。元々貴族の屋敷が嫌いらしいカシムは、屋敷に入った時から何となく機嫌が悪そうに見えた。

マルグリットは元がお姫様なせいか絢爛さに威圧されている様子はないが、最高級の帝国様式の意匠を惜しげもなく凝らされた建物は珍しいらしく、ワクワクした様子でひっきりなしに部屋の中を行き交っている。

「すげー、どれもこれもキラキラしてる！　うわ、この壺変な形！」

「マリー……触っちゃ駄目。壊れる」

「え！　そんなに脆いのか？　じゃあどうやって運んだんだ……」

マルグリットは困惑した表情で、飾られた高価そうな壺をまじまじと見た。それを見てアンジェリンたちはくすくすと笑った。

やにわに扉が勢いよく開いたと思ったら、リーゼロッテが駆け込んで来た。

「アンジェ！　みんな、来てくれたのね！」

嬉しそうに駆け寄って来てアンジェリンに抱き付く。アンジェリンは笑ってリーゼロッテの髪の毛を撫でた。

「来たよ……忙しくない？」

「平気よ！　貴族同士のお遊びよりもアンジェたちとお話しする方が楽しいもの」

「それ、貴族の皆様方の前で言わないでくださいね？」

後ろから呆れ顔のスーティが入って来た。

「あ、スーティさん」

「こんにちは、皆さん。一昨日ぶりです」

スーティはぺこりと頭を下げて、「お茶を運ばせますね」と出て行った。リーゼロッテはぽんとソファに腰を下ろして、気が付いたように首を傾げた。

「トーヤとモーリンは？　それにアンジェのお父さまと〝覇王剣〟のおじさまもいないじゃない」

「トーヤたちはギルドに用事だって。お父さんとパーシーさんはフィンデールに残ってる……」

「そうなの、残念だわ……でもきっとまた会う機会がありそうね。あら、カシムは寝ちゃったの？」

「お前がうるさいから起きちゃったよ」

カシムは片目だけ開けてリーゼロッテを見、そうして大欠伸をした。リーゼロッテはくすくす笑い、それから壺の脇に立つマルグリットを見た。

「あらマリー、その壺気になるの？　触ってみて！　手触りがとってもいいのよ！」

「え？　触っていいのか？　壊れるんじゃ……」

「もう、お馬鹿さん！　触ったくらいじゃ壊れないわよ」

マルグリットは目をぱちくりさせてリーゼロッテを見、壺を見、それからアンジェリンを見た。アンジェリンはにんまりと笑った。

「触っていいって」

「アンジェ、お前騙しやがったな！」

そこにメイドたちがお茶を運んで来た。お茶とお菓子がテーブルに並び、たちまち場が陽気になった。一口すすったミリアムが驚いたように目を白黒させる。

「うわ、このお茶おいしー……」

「香りがいいな……オルフェンじゃ飲んだ事ない感じだ」

「えへへ、気に入った？　キトラ山脈で作られてるお茶なのよ。標高が高い所で、とっても品質の良いお茶が採れるんですって」

「それ、凄く高そうだな……」

「むふふ、これだけで来た甲斐がありますにゃー」

ミリアムはお菓子をつまんでご満悦である。壺で憤慨していたマルグリットも甘いお菓子でたちまち機嫌が直っていた。

「そういえば、旦那さんは？」

「オジーはまたお茶会よ。帝都にいる間につながりを作るんだって張り切っちゃって」

「もう……可愛いお嫁さんを放っておくなんて」

アンジェリンは嘆息した。しかし公都の男爵家の出身では、帝都の高位貴族との縁作りに躍起になるのも仕方がないのかも知れない。そんな風にも思う。だが貴族社会に馴染みもなく、馴染むつもりもないアンジェリンにはやっぱり理解できない世界であった。

お茶を飲み、菓子をつまみながら話に花を咲かしていると、唐突に扉が開いて誰かが入って来た。

「やあやあ、お邪魔するよ！」

リーゼロッテの脇に立っていたスーティがギョッとしたように顔を強張らせた。

「うおっ、皇太子殿下……」

「あら、ベンジャミン様！」

リーゼロッテがさっと立ち上がる。アンジェリンは眉をひそめたが、アネッサ、ミリアム、マルグリットはぽかんと呆けて、突然現れた美男の皇太子を見つめた。

皇太子ベンジャミンはちっとも臆する様子もなくにこやかに近づいて来て、リーゼロッテの頭をぽんぽんと撫でた。

「闖入してすまんね、リーゼロッテ嬢！」

「もうベンジャミン様ったら！　子供扱いは止めて下さいまし！」

「これは失礼、もう立派なレディーであらせられたな、ははは！」

「あら？　お兄様はどうなされたのですか？」

「ああ、フランソワ君か。彼には別の任務を任せているのだよ。彼は実に頼りになるからね。いや、それにしても可憐なお嬢さんばかりだ。エルフのお嬢さんまでいらっしゃるじゃないか！　やあ、アンジェリン。それに〝天蓋砕き〟も。久しぶりだね！　また会えて嬉しいよ、元気だったかい？」

「はあ、まあ……」

「へっへっへ、オイラはお前になんか会いたくなかったよ」

歯に衣着せぬ物言いに、リーゼロッテたちはもちろん、流石のアンジェリンもギョッとした。しかしベンジャミンは泰然として笑っている。

「相変わらずだねえ、君は」

「へへへ、これが性分なのさ。しかしよくオイラたちの前に面出せたね。その度胸だけは褒めてやるよ」

「はっはっは、手厳しいな！　だがあのおかげで君たちは邂逅できたのではないかな？　むしろ礼を言ってもらいたいよ」

リーゼロッテが困惑したようにベンジャミンとカシムを交互に見た。

「ど、どうされたのですか殿下？　カシムと何か……？」

「いやいや、僕と彼の話なのだよ」ベンジャミンはずいとカシムに顔を近づけて、声を落として囁いた。「どうする〝天蓋砕き〟君。ここで全部暴露しても構わないが？」

挑発的な物言いだが、カシムはちっともうろたえずに口端を緩めた。

「脅してるつもりかい？　自分の首も絞める羽目になるぜ？」

「ははは、何の話かな？」

ベンジャミンがちらと横目でアンジェリンを見た。アンジェリンは小さく首を横に振る。ベンジ

ヤミンがフランソワをけしかけた話は、親族であるリーゼロッテがいる手前話しづらかった。ベンジャミンやフランソワがどうというよりも、リーゼロッテが傷つくのが嫌だった。それはカシムも同じらしい、口だけで笑ったままベンジャミンを睨んでいる。

ベンジャミンはにやりと笑った。

「さてさて、歓迎されていないようだから今日のところは退散しよう。アンジェリン、顔を見られてよかったよ。また会おう」

そう言うと颯爽と踵を返した。悔しいけれど絵になるな、とアンジェリンは口を尖らした。突風でも吹き抜けて行ったような雰囲気であった。訳も分からずにいたらしいアネッサがハッとしたように居住まいをただした。

「あれが皇太子？　想像以上に……」

「なんか……なんか凄かったねー。めっちゃ気さくというか……確かに美男子だったね」

ミリアムは気分を落ち着けるようにお茶を口に運んだ。マルグリットはぽかんとして首を傾げている。

「美男子、なのか？　あれが？　なあ、アーネ？」

「え？　ま、まあ、一般的な基準で言えば……というかそう思わなかったのか？」

「美形だとは思うけど……そんなに言うほどか？　前評判のせいでなんか肩透かしだぜ」

「わあ、エルフの基準厳しー」

ミリアムがくすくす笑った。カシムが不機嫌そうにソファにもたれかかった。アンジェリンがそっと顔を近づけて囁く。

「あんな明け透けに悪口言って大丈夫……？」

「あいつとここで仲良くお喋りする方がやばいぜ。どう引っ掻き回されるか分かったもんじゃない……虫の好かない奴だよ、まったく」

「ねえカシム、殿下と何かあったの？　喧嘩したの？」

リーゼロッテが不安そうな表情で言った。カシムはへらへらと笑った。

「オイラはね、美男子を見ると嫉妬しちゃうのさ」

「ええっ？　そうなの？」

「そうそう。あいつ嫌になるくらい顔がいいからさ、一緒にいると惨めになるんだよね。だからいけ好かないんだよ、へっへっへ」

「カシムはそういうの全然ないんだと思ってた……意外だわ。可愛い所あるのね！　でも殿下には礼儀正しくしないと駄目なのよ？」

リーゼロッテはくすくす笑ってカシムの肩を叩いた。アンジェリンはホッとした気分でお茶をすった。何とか誤魔化せたようだ。軽薄そうな態度に反して流石にカシムは機転が利く。カシムもリーゼロッテは巻き込みたくないのだろう。

何となく落ち着かない雰囲気になったが、リーゼロッテが元の通りに冒険の話をせがむから、話は自然と元に戻って行った。

それでも皆頭のどこかにベンジャミンの姿が引っかかっているらしく、時折気がとっ散らかったようになった。カシムから聞いていた裏で色々画策するというイメージと、先ほどの気さくに笑う眉目秀麗な姿とが混じって、困惑のような片付かない気持ちになってかぶさって来るらしい。特に、今初めて出くわしたアネッサ、ミリアム、マルグリットの三人はより困惑が深いように思われた。

その時、どこかへ出ていたスーティが戻って来た。

「トーヤさんたちが来たみたいですよ。玄関にいらっしゃるみたいです」

「あら、よかった。お部屋に招いて」

言いかけたリーゼロッテを制して、アンジェリンは立ち上がった。

「ううん、もう行く……サラザールさんに会わなきゃ」

「え、行っちゃうの？　トーヤたちも一緒にゆっくりしていけばいいのに」

「用事が済んだらまたゆっくり、ね……」

アンジェリンは微笑んでリーゼロッテの頭を撫でた。リーゼロッテは少し不満そうだったが、素直に頷いて玄関まで送って来た。トーヤとモーリンが並んで立っていた。

「ごめん、お待たせ」

「ううん、いい。サラザールさんの所、行こ」

「え、もう行くんですか？　大公家のお菓子楽しみにしてたのに」

モーリンが残念そうに言った。トーヤがかくんと頭を垂れた。

「それぱっかりだな、もう……」

リーゼロッテがくすくす笑った。

「また遊びに来てね！　待ってるからね！」

○

一晩経って、翌日の昼になっても何の情報も得られないまま、ベルグリフとパーシヴァルは飯屋のテーブルに向かい合った。人がたいへん多くてざわざわしている。

パーシヴァルが骨付きの焼き肉をかみちぎった。

「さて、どうしたもんかな」

「手詰まりだな……見当もつかない」

ベルグリフは眉をひそめて、茹でた芋をかじった。

件のエルフの話は有名になっていたが、有名になっている分、又聞きで誇張された話や、酔漢による出鱈目も出回っており、アンジェリンたちを見送ってから早速方々を聞き回ったが、真偽入り混じった情報が錯綜して、却って混乱を招いているように思われた。

ともかく分かったのは、エルフは人間に化けていたという事。事件の後は姿を見せていないという事、そして空間転移の魔法を使うらしいという事だけだ。あちこちでエルフを見たという者もいたが、すべて出鱈目や思い込み、盛られた話ばかりで、無駄足を踏むばかりであった。

しばらく互いに黙ったまま食事を続けていたが、やがてパーシヴァルが口を開いた。

「これは俺の勘なんだが」

「うん？」

「魚屋の軒先に奇妙なガキがいただろう」

「見た目だけって君が言ってた子かい？」

黒ずくめの服をまとい、顔にヴェールを垂らした少女を思い出した。パーシヴァルは頷いた。

「あいつが何か関係しているような気がする。今思えば単なる野次馬じゃねえだろうと思うんだ」

「ふむ……」

ベルグリフは顎鬚を撫でた。確かに、妙に気になる少女ではあった。グラハムの剣が反応したのも気にかかる。エルフが騒ぎを起こした所でわざわざ何かを調べるようにしていた少女。何か知っているかも知れない。

「そうだな、確かに何か手がかりになる可能性は高そうだ。どちらにしても、何もしないで手をこまねいているよりもいいだろう。その子を捜してみようか」

「はは、お前にそう言ってもらえると俺の勘も捨てたもんじゃねえって気がするな。よし、決まりだ」

パーシヴァルはコップの中身を飲み干した。

連れ立って店を出ると、北の方から流れて来た雲が灰色に垂れ込めていた。風は冷たく、ベルグリフはマントの首元を締めた。パーシヴァルは空を見上げている。

「一雨来るかもな」

「ああ」

ひとまず早足で魚屋に向かう。雨の気配を感じたのか、往来を行く人々の足も速い。雲はどんどん分厚くなるように思われ、ベルグリフたちは急いではいたのだが、往来に並ぶ店の軒先の布屋根にぽつんと大粒の水滴が落ちたと思ったら、ばらばらと音をさしていよいよ本格的に雨が降り出した。

これは堪らんと二人は適当な建物の軒下に逃げ込んだ。同じような雨宿りの人々が困ったような顔をして、濡れて行く地面を眺めている。

「チッ、もう少しもってくれりゃいいものを……」

「まあ仕方がないさ。それに、この雨じゃあの女の子もいないんじゃないかな」

まだ雪にこそなっていないが、もう冬に近い時季の雨だから冷たく、濡れればもちろん寒い。マントをかぶって行けば動く事はできるけれど、とベルグリフは考えていると、少し雨の勢いが弱まった。パーシヴァルが迷いのない足取りで軒下を出る。

「行くぞ、今のうちだ」

「うん、そうだな」

雨と雨とがぶつかって細かな水滴になり、それが舞ってあたりがすっかりけぶっている。まつ毛に付いてくすぐる水滴に顔をしかめながら、二人は雨の中を魚屋へと向かった。

雲の具合からして通り雨という風《ふう》ではない。

これは夜まで降りそうだなと思っている間に魚屋の前まで来た。雨宿りの客が幾人かいるが、往来を行く人の数は随分減った。

マントを振って水を払い、軒先に滑り込んだ。

店じまいをするつもりなのか、魚を片付けかけていた女将がおやという顔をした。

「あんたたちは、確か昨日も……」

「はは、またお邪魔しますよ」

「魚うまかったぜ、お姉さん」

パーシヴァルがそう言って笑い、並んだ魚を一瞥した。女将は苦笑して、手に取った魚を元の通り台に置いた。

「もう、お上手ねえ。しっかし、この雨の中また来るなんて、よほど魚が好きなんだねえ」

「まあな。で、お姉さん。顔に薄布垂らした小さな女の子が来たりしなかったか？」

魚屋の女将は怪訝な顔をして首を傾げた。

「顔に布？　いやあ、そんな客が来れば覚えてるけどねえ……」

と言いかけて、女将はギョッとしたように顔を強張らせた。しかし女将の視線はこちらではなく、その肩の向こうに向けられているらしかった。同時に背中の剣が小さく唸ったので、ベルグリフははてと眉をひそめた。

後ろを向くと、雨の中を兵士の一団が横切って行くところだった。鎧や服の意匠が、フィンデールの兵士たちとは少し違うように思われた。女将は身を震わして小さくなった。

「おお、くわばらくわばら……」

「あの連中がどうかしたのか？」

パーシヴァルが言うと、女将は声をひそめた。

「あの兵隊さんたちはね、帝都から来た連中なんだよ。ここで騒ぎを起こしたのはあの人たちでね、こんな事言いたかないけど、何だか不気味なんだ。あたしゃおっかなくて……」

「あいつらが……」

飛び出そうとするパーシヴァルの肩を、ベルグリフが摑んだ。

「待てパーシー、下手に探ると怪しまれるぞ」

「しかしベル……」

「見ろ」

ベルグリフは顎で示した。パーシヴァルは目を細め、そうして驚きに見開いた。兵士たちの陰に隠れるようにして、顔にヴェールを垂らした少女の姿が見えた。剣が反応したのはあのせいだろう。

パーシヴァルが舌を打つ。

「……帝国絡みか。どうする？」

「気付かれないように付けてみよう。何かを探しているなら分散して行く筈だし、ああやって集団で動いているという事は、何か摑んでいる可能性がある」

「なるほどな。分かった、いいだろう」

とはいえ、この図体を隠すのは骨だな、とパーシヴァルは笑った。ベルグリフは微笑み、女将の方を見た。

「また後で買いに来ます」

「え、あ、ああ、待ってるよ」

二人はマントのフードを頭にかぶり、雨の降る往来に出た。少し距離を置いて、兵士の一団の後を付いて行く。通行人の数は少ないが、雨でけぶっているのが幸いして、体の大きな二人もあまり目立たない。

兵士たちは横丁を曲がり、蛇行するように街の中をくねくねと進んで行った。パーシヴァルが顔をしかめた。

「……妙だな」

「君もそう思うか……気付かれてるかな？」

曲がり角に差し掛かり、警戒するように顔だけ出して、ベルグリフは目を見開いた。

「しまった……撒かれた」

路地の先には何の人影もなかった。警戒しながら付いて行ったつもりだったが、流石に相手も一筋縄ではいかないようだ。

ふと、背中の剣が小さく唸りを上げた。

○

霧雨だった。粒とも言えぬくらいに細かな雨が、微弱な風にも揺らされて体にまとわりつく。

暗がりから兵士の一団が浮かび上がるように現れた。先頭を行くフランソワは怪訝な顔をして周囲を見回した。路地の一角、建物の陰になる場所だ。

「影を使ったワープゲートか……何をそんなに怯える必要がある」

視線の先にいた少女が小さく首を横に振った。顔に垂れたヴェールが揺れた。

「あの二人をまともに相手はできない」

「ふん、名のある魔法使いらしいが、随分と情けない話じゃないか」

侮るようなフランソワの言葉に、少女はイラついたように顔を背けた。

「シュバイツが警戒しろと言ったなら、それは警戒すべき相手。それに野蛮な戦いは〝つづれ織りの黒〟マイトレーヤの仕事じゃない。わたしの仕事は他にある」

「ならばさっさとしろ。魔力の痕跡とやらは手に入れたのだろう？」

マイトレーヤはそれには答えず、手の平を下にした腕を前に伸ばし、何か小さく呟くように唱え始めた。声は小さいが、その言葉には異様な響きがあり、それらが周囲の建物に反響し始めると、足元の影が動くように思われ、それが生き物のように形を変えて地面を這いずって来るようである。

兵士たちが息を呑んで周囲を見回した。

「……見つけた」

マイトレーヤは下に向けていた手の平を前に向けた。すると、地面の影が突然持ち上がり、手の平の前で渦を巻き始める。生暖かな風が吹き、石畳に流れる水がまき上げられ、飛沫が辺りに舞った。

水飛沫と影の渦の中心が次第にぼやけて来たと思ったら、まるで鏡に映るかのようにセピア色に照らされた不思議な景色が見え始め、そこからうっすらと光が漏れ出した。

人影が見える。

小さな家の軒先に置かれた椅子に、エルフの女が座っていた。椅子の背にもたれ、柔らかな木漏れ日をいっぱいに浴びるようにして目を閉じている。体を休めているように見えた。

フランソワはにやりと笑い、無言で兵士たちに目配せして、自分も腰の剣に手をかけた。それを制すように、マイトレーヤが片手を前に出したまま、もう片方の手を差し出す。

「なんだ？」

「……魔導球を」

フランソワが怪訝な顔をして、しかし懐から小さな水晶玉を取り出して、マイトレーヤの手の上に置いた。

「どうするというのだ」

「ヘクターを退けた相手。正面からぶつかるのは得策じゃない」

マイトレーヤが小さく何か唱えると、真ん丸に精製された美しい水晶のその中で噴煙の如き灰色の雲と稲妻が吹き荒れ始めた。その中で、もがくように暴れる無数の人影が見える。今にも水晶玉を破って溢れ出しそうな勢いだ。

セピア色の世界に水晶玉を投げ込もうとしたその時、不意にその景色が歪んだ。エルフの女がハッとしたように目を見開いた。素早く立ち上がった。マイトレーヤが焦ったように言った。

「気付かれた……なぜ？」

セピア色の風景はぐにゃりと曲がったと思うや、それを縁取るように渦巻いていた影と飛沫に溶けて消えた。その渦も力を失って消えて行く。

「やっぱりな」

背後から声がした。マイトレーヤ、フランソワ、兵士たちは驚いて振り返る。

霧雨の向こうでパーシヴァルが腕組みして立っていた。

「何か絡んでると思ったんだよ、テメェらは」

「〝覇王剣〟……！　どうしてここが」

と言いかけてマイトレーヤは目を剝いた。ベルグリフがパーシヴァルの少し後ろに立っている。その手に抜身の大剣を持っていた。刀身は淡い光を放ち、威嚇するような低い唸り声を上げている。

「……その剣がわたしの魔法を邪魔したの」

「お前の汚ねえ魔力は聖剣のお気に召さないんだとさ。ご丁寧にお前らの居場所まで案内してくれたぜ」

パーシヴァルは笑いながら腰の剣を引き抜いた。兵士たちがうろたえながらも武器を構える。途端、パーシヴァルは獅子の如き威圧感を放った。少なくない鍛錬を積んでいる筈の帝国兵たちが、思わずたたらを踏んで後ろに下がる。幾人かは詰まったものを下すかのように胸を叩き、苦しそうな呼吸を無理矢理に整えた。

「おい……俺に勝てると思ってんのか？　死にたくなけりゃ引っ込んでな。俺たちが用があるのは後ろのチビだけだ」

フランソワが怒りの形相で前に出た。

「黙れ！　高々一介の冒険者風情が生意気な！　帝国に楯突こうというのか？」

「あ？　誰だ、テメェは……まあ誰でもいい。邪魔するなら切り刻むぞ」

「パーシー、あまり物騒な事ばかり言うな、大人げない」

ベルグリフがそう言って歩み出た。大剣が唸って輝きを増す。フランソワは「ひっ」と上ずった声を上げて一歩二歩後ろに下がった。

「や、やめろ！　その剣を僕に近づけるな！」

パーシヴァルが声を上げて笑った。

「なんだなんだ、偉そうに啖呵切っといてそのザマは」

「ぐ……おのれ！」

フランソワが剣を振り上げた時、不意に彼らの背後から武器を携えた骸骨が飛び出して来た。パーシヴァルは眉をひそめてそれらを斬り払う。骸骨はばらばらと砕けて地面に散らばった。

「死霊術か？　舐めやがって」

前を向く。フランソワたちの足元の影が波のように揺れた。水に沈むようにしてフランソワと兵士たちが影の中に消えて行く。パーシヴァルが目を剝いた。

「また逃げる気か！」

だが、彼らが沈み込むと思う瞬間に、ベルグリフが前に跳んでいた。左足の踏み込みを十全に利用した跳躍である。既に半身沈み込んだフランソワたちを跳び越えて、その後ろにいたマイトレーヤの前に降り立つ。

大剣が唸りを上げた。

ベルグリフは刀身を地面に突き立てた。

途端、電流が走ったかのように地面が細かく震動した。地面に沈みかけていたマイトレーヤが「きゅっ」と変な悲鳴を上げて影から放り出されたと思うや、仰向けにひっくり返った。

「なんて動き……ぎ、義足じゃないの……？」

数瞬後からやって来たパーシヴァルが、素早くその首根っこを捕まえて宙空にぶら下げ、喉元に剣を突きつけた。

「相変わらず良い判断だぜ、ベル。咄嗟の一歩はまだお前には及ばねえな」

「そんな事ないさ。それぞれするべき事をやっただけだ」

ぶら下げられたマイトレーヤは小さな手足をぱたぱたと動かした。怯えたような弱弱しい声を出した。

「や、やめて……殺さないで……」

「殺さないよ。どうやら君は色々知ってるみたいだからね。教えてもらうよ」

「隠し事するなよ？　もし嘘なんかつきやがったら……」

とパーシヴァルが凄んだ。ベルグリフの手の大剣も唸り声を上げる。

「な、何でも教える。だから命だけは助けて……」

マイトレーヤは最早涙声である。こういう荒々しいのは得意じゃないんだが、とベルグリフは自嘲気味に笑った。パーシヴァルがいてよかったと思う。

　フランソワと兵士たちはそのまま影に沈んで何処かへ行ってしまったらしい。残っているのはベルグリフとパーシヴァル、それにマイトレーヤだけだ。

　パーシヴァルは鞄からロープを取り出してマイトレーヤの両手足を縛り上げた。

「逃げられると思うなよ。お前が影に沈むより早く、俺の剣が首をすっ飛ばすからな」

「に、逃げない。逃げないから……」

　びくびくと怯えるようにパーシヴァルを窺っているマイトレーヤを見て、ベルグリフは嘆息した。

「パーシー、そう脅かすなよ。かわいそうじゃないか」

「何言ってんだベル、こういう手合いは甘やかしても碌な事にならねえんだよ。くそ、魔力封じでも食らわせられりゃ、ここまで警戒しなくてもよかったのによ」

　パーシヴァルはそう言ってつま先でマイトレーヤを軽く蹴った。マイトレーヤは「うぎゅ」と悔しそうに呻いた。

「さて、どうするかな。色々情報を得るのもいいが、こいつにまた繫がせてあの空間に行ってみるのも手だが」

「そうだな……」

　ベルグリフは考えるように顎鬚を捻じった。

「ともかく、雨の当たらない所に行こうか。ここで濡れ続けても仕様がない」

「それもそうか。一旦宿に戻るか」

パーシヴァルは縛られたマイトレーヤを小脇に抱え、言った。

「……あの人影はサティだったか？」

「分からない。遠目だったし、霧で霞んで見えたから……」

ベルグリフは目を伏せ、記憶の中のエルフの少女の姿を追った。

マントの裾から水滴が垂れた。雨はまだやみそうにない。

一〇八　胎動するかの如く空間が揺れた

胎動するかの如く空間が揺れた事に、エルフの女は驚愕を隠せなかった。旧神の力を利用して作り上げた結界に干渉する者が現れるとは。

だが、いずれそのような時が来る事は分かり切っていた。いつまでも安穏とはしていられないのだ。戦わねばならない時が来るだろう。

自分がここで子供たちを匿っているうちに、敵は少しずつ力を付けて来たに違いない。フィンデールで正体を見破られた時、ずっと心のどこかにあったその不安がいよいよ持ち上がって来た。

「……転移した時の魔力の痕跡を辿られたかな」

咄嗟の事だったから、あまり丁寧に魔法を使えたとは思わない。それでも痕跡はあまりに微弱だった筈だ。

シュバイツには絶対に破れない。〝災厄の蒼炎〟はローデシア帝国で、いや、大陸の中でも五指に入るほどの魔法使いだが、この結界は彼への徹底した対抗術式で整えてある。そうなると、彼以外の優れた魔法使いが現れたという事だ。

向こうも手駒を揃えて来たと言う事か、とエルフは嘆息した。

「あんまりぐずぐずしてもいられないか」

何故相手が途中で干渉を止めたのか、それは分からなかったが、ともかくエルフの女にとっては僥倖《ぎょうこう》であったと言える。空けられかけた穴を塞ぎ、結界を強化し直さなくては。

庭の真ん中に立ち、両手を広げ、静かに魔力を巡らせる。ほんのわずかに開いた唇の間から、吐息のように微かに漏れる詠唱が魔力の渦を作り、エルフの女を中心に渦巻いたそれが段々と広がった。

「……ひとまずはこれで」

息をつく。疲労感が背中から這い上がった。息をしない赤ん坊のように、それは重苦しくのしかかる。まだ治り切っていない肩の怪我が痛んだ。

エルフの女はふらふらとした足取りで家の裏手に回った。

燐光が蝶のように飛んでいた。それが幾つも留まってちかちかしている所に、小さな墓石があった。墓石の前には木の台が置かれ、その上に水を入れたコップとしおれた花が供えてある。

墓石の前で地面にどっかり腰を下ろした。

「戦わなきゃ、駄目かな。ねえ」

語り掛けるように言った。

遠くから子供のはしゃぐ声が聞こえた。エルフの女は目を閉じて深呼吸した。

守って来た。この結界の中は安全だった。

しかし、小さな畑だけでは食べ物は賄えない。魔法で姿を変え、記憶も人格も変え、誰にも気づかれずに何度も町に出て食料などを調達した。

いつか見つかるのではないかという緊張感を別にすれば、穏やかな日々が続いていたように思う。

それが仮初の平和だと分かっていても、永遠に続けばいいと思えるほどに。

だが、状況は変わって来た。敵も黙って手をこまねいているだけではなかったのだ。

彼女を囲む網の目はより細かくなり、少しずつ範囲を狭めて来ていた。

向こうは諦めるとは思えない。まして、一度掴んだ尻尾を易々と手放すような間抜けはするまい。

逃げ続けるのもいよいよ限界だろうか。

ふと、ぱたぱたと軽い足音が近づいて来た。

「すごかったね！」

「ゆれたね！」

双子が駆けて来て、エルフの女に抱き付いた。エルフは笑って二人を抱き返した。

「あはは、ビックリしたね……でも大丈夫だから」

「はじめてだった。どうしてゆれたのかな？」

「お外で何かあったのかな？　お外ってどんなところかなあ？」

「行ってみたいね！」

「ね！」

黒髪の双子は顔を見合わせて無邪気にはしゃいだ。

エルフの女は無理して微笑んでいたが、いよいよこらえきれなくなって双眸から溢れる涙を手の甲で拭った。嗚咽して、二人をぎゅうと抱きしめた。

「ごめん……ごめんね、こんな所にずっと……」

双子は驚いてエルフの女の背中をさすったり頭を撫でたりした。

「なかないで」

「わがまま言わないから」

「ううん、いいの……いいんだよ」

エルフの女は涙を拭いて、双子の頭をぽんぽんと撫でた。

「さ、お母さんにお供えするお花を摘んでおいで」

「うん」

「しおれちゃったもんね」

双子は墓の前のしおれた花を手に取ると、また連れ立って駆けて行った。

エルフはそれを見送ると、ゆっくりと立ち上がった。手の平を見、握って顔を上げる。

「……戦わなきゃ。ここに攻め込まれる前に」

そうして、静かに何か詠唱を始めた。

〇

宿に戻る頃にはまた雨脚が強くなっていた。もう往来に人通りはなく、雨にけぶる中を時折急ぎ足で通り抜けて行く人影があるくらいだ。

部屋に入ると、パーシヴァルは真っ先に鞄から何か取り出してマイトレーヤの背中にくっつけた。魔法陣の描かれた小さな紙である。紙は貼り付けられるやボッと燃えて、描かれた魔法陣だけが背中に赤く残った。マイトレーヤは身じろぎして呻いた。

「痺れる！」

「うるせえ、大人しくしてろ」

「カシムの置いて行ったやつか」

「ああ、金縛りの術式だ。そう強いもんじゃないが、少なくとも転移みたいな魔力消費の多い術は使えねえさ」

そう言ってパーシヴァルはマイトレーヤの懐から小さな水晶玉を探り出した。中で不気味にうごめく人影を見て顔をしかめる。

「こいつは預かっとくぜ。物騒なもん持ちやがって」

そうしてベッドの上にマイトレーヤを放り出した。マイトレーヤは「きゅう」と悲鳴を上げた。

「お、おのれ……この〝つづれ織りの黒〟マイトレーヤをこんな目に……」

「聞いた事ある二つ名だな。お前みたいなチビだったとは」

そう言って、パーシヴァルはマイトレーヤの顔にかかったヴェールごと被り物をはぎ取った。その下から覗いた顔は見た目相応の幼い少女のものであったが、顔色は青白く、瞳の色が血のように赤い。アルビノという風でもないようだ。そうして群青色の髪の毛の中から二本、小さな角がちょこんと覗いている。パーシヴァルが合点がいったように笑った。

「ははあ、小悪魔《インプ》か。道理で嫌な気配がすると思ったぜ」

「小悪魔？　魔獣の？」

「ああ、吸血鬼なんかと同じ、高い知能と魔力を持つ奴だ。人間に紛れて暮らしているのもいる。そういううちの一匹だろうよ」

成る程、とベルグリフは頷いた。小悪魔は子鬼《ゴブリン》と同じく体があまり大きく成長しない。それならば、見た目だけ子供のようなのも納得できる。

吸血鬼や悪魔族、鬼族など、ある意味亜人種といってもいいこれらの魔獣は、人間に劣らぬ知能を持つだけ、危険度も桁違いとされる。その分存在も希少で、あまりお目にかかる事はない。向こうも人間を侮れぬ脅威と考えているせいか、距離を取ろうとしている節さえある。しかし、マイトレーヤのように人間に扮してその社会の中で生きながらえている者もいるようだ。

それにしても、よもや二つ名を持つ冒険者になっているとは、とベルグリフは少し驚き、感心して呟いた。

「小悪魔というのは凄いもんだな……」

しかしマイトレーヤは不満そうに身じろぎした。

「他の連中を一緒にしないで。わたしは特別に優秀なんだから」

「うるせえ、黙ってろ」

「あう」

パーシヴァルにぺしっと叩かれたマイトレーヤは、両手で身を抱くようにして絶望的な声を出した。

「うう……為す術なし……このまま乱暴されてしまうのか……可哀想なわたし」

「人聞きの悪い事を言うな、悪党の癖して」

パーシヴァルが今度はこつんと頭を小突いた。マイトレーヤは身をよじらした。

「悪党じゃない、わたしは雇われてるだけ。雇われた以上仕事はきちんとこなす」

「ふむ……マイトレーヤといったね。君を雇ったのは？」

ベルグリフが言うと、マイトレーヤはややためらったように口ごもったが、パーシヴァルに小突かれて渋々ながら口を開いた。

「帝国皇太子ベンジャミン」

やはりそうか、とベルグリフは目を伏せた。

ここまでの道中、部屋で男三人の話し合いで、カシムが幾度か皇太子ベンジャミンに言及した。曰く、エストガル大公の屋敷で、その三男であるフランソワをアンジェリンにけしかけたというのが彼だそうだ。何かしら腹に一物持っている男らしいから、帝都に入る事になるなら頭に入れておいた方がいい、との事だった。

幸か不幸か、自分は帝都には出向いていないが、このように皇太子の息のかかった者が何か企んでうろついているとなると、帝都に向かったアンジェリンたちが少し心配になった。

しかし考えてみればアンジェリン始め、帝都行きの一行は実力者揃いだ。それこそベルグリフよ

りも強い。心配出来る立場でもないか、とベルグリフは苦笑した。

そんなベルグリフの苦笑いを見て、マイトレーヤが不思議そうに首を傾げた。

「何が可笑しいの……」

「いや、すまない。何でもないよ」

ベルグリフは表情を引き締めた。

「それで……皇太子はいったい何を企んでいるのかな？」

「知らない。皇太子はただの雇用主。わたしは頼まれた仕事をしているだけ」

パーシヴァルが怪訝そうに眉をひそめた。

「ただの雇用関係だと？　雇われてどれくらいだ？」

「三年近く……」

「三年だあ？　それだけ一緒にいりゃ単なる雇われとは言えねえだろ。テメエ、嘘つくなって言ったよなァ？」

またパーシヴァルが怖い顔をしてマイトレーヤを小突いた。壁に立てかけられたグラハムの聖剣も唸り声を上げる。マイトレーヤは「ひぃ」と言った。

「う、嘘じゃない……わたしが優秀だから向こうも手放さないだけ。信用はされてるけど、信頼はされてない。別に四六時中一緒にいるわけじゃないし、計画の詳細も教えてもらってない」

「優秀ねえ……」

「な、なにその目は……本当なんだから。あのエルフの結界に干渉できるのはわたしくらい。シュバイツにだってできなかった」

「なに、シュバイツ？」

確か、ベルグリフは目を見開いた。意外なところで大物の名前が出て来たものだ。

確か、シャルロッテとビャクを擁していた集団にいたのが〝災厄の蒼炎〟ことシュバイツだったと聞いた。少し前にオルフェンにも現れ、〝灰色〟のマリアと一戦交えたとも聞いている。

そのシュバイツが絡んでいる。ベンジャミンもカシムから聞いた限りではあまりいい印象はない。表の顔は優秀で非の打ちどころのない為政者なのだろうが、裏で何を画策しているのか分からない。

そのベンジャミンやシュバイツに狙われているらしいエルフは一体何なのだろう。

マイトレーヤは、余計な事まで口走ったと思ったのか、顔を背けて黙っている。

パーシヴァルがげらげら笑いながらマイトレーヤをつまみ上げた。

「お前、魔法は優秀なのかも知れんが、腹芸は苦手だな？　俺の戦って来た悪魔族はどいつもこいつも狡猾だったぞ」

「……うるさい」

「ああ？」

「ひいっ」

「おいパーシー、あんまりいじめるな」

ベルグリフは考えるように顎鬚を捻じり、マイトレーヤをジッと見つめた。

「皇太子とシュバイツは手を組んでいるんだね？」

「……そう」

「どうしてエルフを狙っている？　そのエルフは何を持っているんだい？」

マイトレーヤは何か言いあぐねるようにもじもじしていたが、パーシヴァルに睨まれて、やはり不承不承といった態で口を開いた。

「エルフはソロモンの鍵を持ってる……それを狙っているの」

「ソロモンだと？　となるとやっぱり魔王絡みか……エルフの名は？」

「そ、そこまでは知らない……本当に知らない！」

拳を振り上げたパーシヴァルを見て、マイトレーヤは焦ったように叫んだ。ベルグリフがパーシヴァルの肩に手を置いた。

「よせパーシー。いずれにしても、早くそのエルフに接触した方がよさそうだ。シュバイツの事は俺はよく知らないが、かなりの使い手だろう？　もたもたしていると先を越されるぞ」

「そうか。そうだな……よし、お前、もう一度あの空間と繋げ」

「い、いいけど……じゃあこの金縛り解いて」

「いいぞ。だが逃げようとしたらぶっ殺す。俺の剣より早く転移できると思うな」

「は、〝覇王剣〟から逃げられるとは思ってない。だから殺さないで……」

マイトレーヤはびくびくしながら、すがるような目をしてベルグリフの方を見た。ベルグリフは嘆息してパーシヴァルをなだめた。

「あまり脅かすと魔法にも支障が出るんじゃないか？　勘弁してやりなよ、パーシー」

「……ベルが優しくてよかったな、お前」

パーシヴァルは鋭い視線を投げかけながらも、転がったままのマイトレーヤを立たせてやった。そうして鞄から術式解除の札を取り出して、金縛りを解いてやる。

マイトレーヤはホッとしたように表情を緩め、いそいそとベルグリフの方にすり寄った。期せずしてパーシヴァルの怖さとベルグリフの優しさが、それぞれ飴と鞭として良い具合に作用しているらしい。

「……少し離れて。繋げるから」

マイトレーヤはそっと両手を前に差し出した。すると外の時と同じように、影が持ち上がって空中で渦を巻き始める。窓も扉も開いていないのに風が吹いて髪の毛を揺らした。しかし、途中でマイトレーヤは怪訝な顔をして手を降ろした。魔法が中断され、風が止む。

「……繋がらない。対策された？　いや、それもあるけど違う……いない」

「どうした、さっさと繋げ」

「繋がらない。というより、エルフが結界の中にいない。わたしの魔法は魔力の痕跡を辿って、それをポータルにして干渉する。魔力の元であるエルフがいないと、繋げられない」

「じゃあそのエルフの近くに移動はできるんじゃないのかい？」

ベルグリフが言うと、マイトレーヤは首を横に振った。

「あの結界はこの町の近くにあったから行けた。けど、エルフは今この町から離れてるみたい。距離が開くと流石のわたしでも届かない。それに、結界の中のエルフっていう限定的な状況に対して術式を組んだから、使える幅が極端に狭い代わりに強力。組めるのはわたしくらい」

「繋げなけりゃ同じ事だ。ともかくお前が役に立たねえのは分かった」パーシヴァルが悔しそうに踵で床を蹴った。「くそ、一歩遅れたか……どうなってやがるんだ？」

「……仕方がない、こうなったらもう少し情報を整理しよう。マイトレーヤ、色々聞かせてもらうよ」

「……分かった。情報を漏らしちゃった以上、わたしも戻れない。代わりにシュバイツ達から守ってね」

マイトレーヤは観念したという顔でベッドに腰かけた。

○

長い通路だった。

帝都には地下道が蟻の巣のように走り、上に建て増された建造物も相まって地面が幾層にもなっているらしかった。人口の多い帝都ではそのような場所はスラム街のような様相を呈し、薄暗く、陰気である。

サラザールはその迷路のような道の奥にいるらしかった。

アネッサがやや不安そうに辺りを見回して呟いた。

「凄いな。上の表通りとは全然雰囲気が違う」

「そうでしょう？　危ない場所ですけど、身を隠すにはいい場所でもあるんですよ」

　モーリンがそう言って、さっき買った蒸しパンを頬張った。

　アンジェリンはきょろきょろと周囲を見回し、それから頭上に目をやる。木や石で造られた渡り廊下が網の目のように縦横に走り、その隙間から微かに陽の光が射し込んでいる。上へと延びる壁面には窓が付いていて、かつては誰かが住んでいたと思われたが、今は何の気配もない。

「こんな所で研究……サラザールって何者なの？」

「一応帝国付きの魔法使いらしいよ。何をやってるのかは知らないし、俺たち以外に誰かが訪ねて来たような気配もないんだけど」

　カシムが顎鬚を撫でた。

「なるほどね。帝国が予算出してやって研究室を構えてるわけか。出世したなぁ」

「けど、それやべーんじゃねえか？　あの皇太子とつながってるんじゃ？」

　ようやくフードを取ってホッとした様子のマルグリットが言った。トーヤは苦笑した。

「その心配はないと思うよ。なにせ話がちっとも通じない事の方が多いからね。仮に皇太子がサラザールの技術を利用していても、サラザールの方から積極的に協力するって事はまずない」

「まあ、そうかもね。あいつがわざわざオイラたちの事をベンジャミンに告げ口するとも思えないや」

　カシムも納得したように頷いた。

　アンジェリンは腕組みして考えた。

「……でも、それじゃそもそもサティさんの情報を得るのも大変じゃない？」

「そんな感じだな。無駄足にならなきゃいいけど」

アネッサが少し心配そうに言った。トーヤは困ったように頭を掻いた。

「うん……ま、まあ、そこは実際話してみないと何とも言えないかな。何も得られなかったら申し訳ないけど」

「わたしは時空魔法の大家に会えるだけでも嬉しいけどねー」

ミリアムがそう言ってくすくす笑った。

やがて天井がかぶさって来た。周囲は灰色の石で囲まれている。微かに見えていた空は完全に遮られ、窓も何もないけれど、壁にはランプが等間隔にかけられていて、歩くのには何の問題もなかった。さながら坑道のような雰囲気である。

次第に口数も少なくなり、こつこつという足音だけが響く。

永遠に石の通路が続くかと思われたが、やがて小さな木戸の前で立ち止まった。磨かれた硬い木が黒光りしている。その上に青白く光るインクで、細かな魔術式らしきものがびっしりと描《えが》かれていた。扉からその周囲の壁まで広がっている。

ミリアムが興奮した様子で顔を近づける。

「うわー、うわー、凄い！　第四定理の六番からこんな式に繋げてる！　なにこれ、見た事ない……新公式？　いや、でもこの繋げ方じゃ熱量が……」

「そこは立体で描かれなきゃ駄目な奴だな。ま、単なる覚書でしょ」

「むむう、確かに殴り書きっぽいし……凄いなあ……」

魔法使い二人の話はアンジェリンにはチンプンカンプンである。首を傾げながらも、きっと凄いのだろうと一人で頷いた。

トーヤがどんどんと扉を叩いた。中からは何の物音もしない。怪訝な顔をしたトーヤがドアノブを握ると、するりと回って扉は押し開けられた。

「サラザール？」

トーヤを先頭にぞろぞろと部屋の中に入る。

入って、アンジェリンは面食らった。まず、奇妙に鼻を突く臭いが立ち込めていた。何かの薬品らしい。

顔をしかめながら見回す。部屋の中に照明らしいものは何もない。天井から下がるランプも、壁にかかる松明もない。しかし代わりと言うように、壁から床、果ては天井までびっしりと覆った魔術式らしい不可思議な文字列が、扉に使われていたような青白いインクで描かれていて、それが淡い光を放ってあちこちを照らし出していた。

部屋自体はそれなりに広い。しかし魔法使いの工房にありがちな硝子の実験道具や魔導書の詰め込まれた本棚などは見当たらず、部屋の奥まった所に石造りらしい柱が等間隔に幾本も立っていて、その先端には精製された水晶球の大きいのが鎮座している。それが文字の青白い光を反射して異様な雰囲気を放っていた。

部屋の奥には床の一点を中心に、円形の魔法陣が描かれていた。そこだけは周囲の殴り書きのような魔術式とは違って、きちんと計算された整然さがあった。

その魔法陣の真ん中に誰かが胡坐をかいて座っている。見たところ若い男のようだ。ローデシア帝国民が一般的に着る服の上から、丈の長い白衣を着て、右目に片眼鏡《モノクル》を引っかけていた。

「サラザール！」

トーヤが少し声を大きくして歩み寄った。どうやらあの男がサラザールらしい。しかしトーヤの呼びかけにも応じず、サラザールは座ったまま何かぶつぶつと呟いていた。

「違う、そうではない。事象が大きく流れているとなれば、その渦には中心がある筈だ。然るに、その中心点を見極めねば此度の事象流の大きさは」

「サラザールってば！」

トーヤが苛立ったようにサラザールの肩を引っ摑んで揺さぶった。

サラザールが驚いて跳ねるように立ち上がった。途端に、その姿がぐにゃりと歪み、次の瞬間そこにいたのは背の高い女性であった。しかし身に着けているものは先ほどの男のものとまるで同じである。

「なんだ。ああ、なんだ、トーヤ君ではないか。人の思考の最中に声をかけるとは無粋だな」

「何が無粋だよ、いい加減にしてくれ。頼まれたもの、持って来たよ」

トーヤはそう言って鞄の中から何種類もの魔結晶を取り出して床に並べ出した。サラザールの目が輝いたと思ったら、また姿が歪み、次に立っていたのは白衣を床に引きずった十歳にも満たぬ男の子である。

「おお、おお、これは有難い！　うむ、うむ、これでより詳細な観測道具が作れる。ともなれば術式を計算し直さなければ」

「分かったからちょっと後にしてくれないか。お客さんを連れて来たんだ」

思考の中に沈み込もうとするサラザールを、トーヤがまた揺さぶった。サラザールは今気づいたというような顔をしてアンジェリンたちの方を見た。

「やや、この部屋にこれだけのお客様がいらっしゃるとは驚きだ！」

言いながら姿がぐにゃりと変わり、腰の曲がった七十は過ぎた老人が笑いながらよたよたと歩み寄って来た。

「ようこそおいでなすったな！　過去の実験で私という現象が不確定になってしまったゆえにこのようなお見苦しい姿で失礼するよ。お茶の一杯も出せればいいが、生憎とまだそういった術式は開発に至っておらぬでな！　いや、しかし待て、トーヤ君の持って来た魔結晶を利用すれば」

「はいはい、そういうのは後にしましょうねー」

モーリンが涼しい顔をしてサラザールを小突き、アンジェリンたちの方を見た。

「いっつもこんな調子なんですよ。すぐに自分の考えに沈んじゃうんです」

「大体分かった……」

アンジェリンはやれやれと首を振った。

これは魔法使いのある種の極みだろうと思った。言っている事は意味不明だし、突然老いるわ若返るわ、ついには性別まで変わるわで、確かに見ていて面白いけれど、あまり話相手にはなりたくないタイプである。時空魔法の大家に会える！　などとはしゃいでいた筈のミリアムもぽかんとして突っ立ったままだ。

アンジェリンは半ば諦めたような気分で壁に背中を預けた。ひんやりとした石の壁の感触が、服越しに背中に伝わって来た。

改めて部屋の中を見回す。部屋中をびっしりと覆い尽くした青白い文字が明滅している。部屋の照明はそれだけだが、十分に明るい。光に色があるせいか、一緒に来た皆の顔も青白く見えた。ずっと眺めていると文字が勝手に動き出しそうに思われて、何となく気が遠くなるようだった。

カシムが呆れた顔をしてサラザールの頭をぺしっと叩いた。

「姿の移り変わりが前より激しいじゃないの。おい、しっかりしな、〝蛇の目〟。オイラを忘れたのかよ」

アンジェリンたちと同じくらいの年頃の少女に変わったサラザールは、カシムにずいと顔を近づけてまじまじと眺めた。そうしてやにわに嬉しそうに歓声を上げて抱き付いた。

「この魔力！　おお〝天蓋砕き〟、我が友よ！」

「誰が友だよ、そんな仲じゃないでしょ。ボケてないで話を聞けっての」

「嬉しき再会だ！　まあ聞いてくれ。私も色々と考えているのだ。君の並列式魔術の新公式には私も大いに刺激を受けたのだよ。それでそれを元にしてだね」

「あーあー、分かった分かった、その話は後でゆっくり聞いてやるから」

カシムがうんざりしたようにサラザールを押し留めた。中年男の姿になったサラザールは嬉しそうにカシムの肩を抱いている。

「この狭苦しい研究室に押し込められてからというもの、訪ねて来るのはまずいない。いてもロクデナシどもばかりだ。知識の交換をできる相手なぞさっぱりいやしない」

「分かったから後にしろってば」

話が一向に進まない。じれったくなったアンジェリンは一歩前に出て大きな声を出した。

「あの、わたしたちサティっていうエルフの人を捜してるの。何か知らない？　ですか？」

サラザールはぴたりと動きを止めたと思うや、滑るような動きでアンジェリンに近づいて来て、覗き込むようにしてずいと顔を近づけて来た。これにはアンジェリンも驚いた。

「な……」

「ふむ、ふむ、ふむ！　そうか！　成る程！」

片眼鏡の向こうの目は、確かに蛇のように縦長の瞳が見て取れた。十二歳ほどの少女の容姿のサラザールは、一人で納得したように頷いて機嫌よくアンジェリンから離れた。

「この巨大な事象流のそのさなか、私もその一因となれるわけか！　これは面白い！」

「……なに？　何の話？」

「なんだ知らないのか！　しかし流れの中心にいる者は往々にしてそれを感じぬものだ。流れに乗っているのか、それとも君の歩みが流れとなるのか、はてさて？」

興奮気味のサラザールの姿がぐにゃりと歪んで、背の高いハンサムな男になった。

アンジェリンはぽかんとしてカシムの方を見た。カシムは変な顔をして頭をぼりぼり掻いている。

「事象流だって？　与太話だろ？　第七次定点魔導観測でも事象に於ける魔力の流れは観測できなかったって結論が出てるじゃない」

「魔力ではないのだよ〝天蓋砕き〟！　君ほどの魔法使いがそのように思考停止してもらっては困る！　魔力は人の意思によって力の方向性を定める！　では意思とは？　それらを包括するより大きなものはないのか？　集団意識の不可思議さを君は知らないのか！　熱狂と統一意識は、ある一つの流れにのって運ばれて行く事象流なのだ！　その方向性が一つの方を向き、或いは別々の方から来たものがぶつかり合う時、混沌が生まれ、そこから巨大なエネルギーが発生するのだよ！」

「うるせー、人に喋ってんならもっとゆっくり言え馬鹿」

カシムはうんざりしたように頭を垂れた。熱弁を振るうサラザールを見て、ミリアムが腕組みして唸った。

「『英雄は戦乱にこそ生まれる』ってのは誰の言葉だったたっけ……」

「何言ってるのか分かるのか、ミリィ？」とアネッサが言った。

「半分くらい。いや、時空魔法の人たちで、人の行動や意識はある巨大な一つの流れに沿っているって主張する派閥があるんだけどー……あー、でもそれはいくつもの支流があって、それらが複雑に混じり合って大きな流れになって、ぶつかり合って渦を巻く時に、凄いエネルギーが発生する……だから、大きな戦争の時なんかには、今までの常識では説明のつかない不思議な現象が発生するものだって」

「ずぇんずぇん分かんぬぇ」

マルグリットはとうに理解するのを放棄したようである。部屋を歩き回って、柱の先の水晶玉をまじまじと眺めている。モーリンは壁際に腰を下ろして、何か食べ物の包みを広げていた。こちらも自分の世界に入りつつある。

確かにこれでは話にならない。骨が折れそうだ。

こうなったらカシムには悪いけれど、彼を相手にサラザールに心行くまで喋ってもらって、落ち着いたらちゃんと本題に入ろう。アンジェリンはそう考え、そっとトーヤに耳打ちした。

「サラザールさんが落ち着くまでちょっと散歩して来る……ここ、臭くて息苦しい」

「え、そう？　でも平気？　迷わないかな……」

「なら一緒に行く？」

トーヤはちらとみんなの様子を窺い、頷いた。

「そうだね、どのみちカシムさんじゃないと話に付いて行けなさそうだし」

そういうわけで二人は連れ立って部屋の外に出た。扉が閉まると、嫌にしんかんとしているように思われた。

アンジェリンはホッとしたような心持で大きく深呼吸した。少しカビっぽく冷たい空気だけれども、部屋に充満していた奇妙な薬品臭さに比べれば随分マシだ。

トーヤの方も少し肩の力を抜いたようで、髪の毛を束ね直しながら壁にもたれている。

「なんか、ごめんね。却って混乱させちゃったかな……」

「ううん、いい。それに、何か知ってそうな感じはするし、無駄足ではないと思う……」

何故サラザールが自分を興味深げに見たのか、それが少し気にかかった。だがそれを聞くにはあの膨大な理論を喋りつくしてからでなければ話がつながるまい。

トーヤは廊下の向こうとこっちを見て、それからアンジェリンに言った。

「陽の当たる方まで出てみようか」

「ん」

こつこつと足音を立てながら連れ立って歩く。少し歩いてふと振り返ると、向こうで壁の青白い魔術式が小さく明滅しているのが見て取れた。

「お父さんたち、どうしてるかな……」

「フィンデールも広いからね。けど、ベルグリフさんとパーシヴァルさんだったら何とかなりそうって思えるから凄いよなあ」

「でしょ？　ふふ、お父さんたちは凄いのだ。戦っても強いし、頭もいいし、わたしもああいう冒険者になるんだ」

「アンジェリンさんはもうなってると思うけどね」

「そんな事ない。お父さんに比べればまだまだ……」

と、言いかけたところでアンジェリンは奇妙な気配に目線を鋭くした。腰の剣の柄に手をやる。トーヤも異変を感じたようで、目を細めて身構える。

不意に空間が揺れた。

アンジェリンたちの少し先がまるで水面のように波立ったと思ったら、白い人影が飛び出して来た。

「ッ――！　座標がずれた……シュバイツめ……ッ」

人影は地面に膝を突いて、苦しそうに荒い息を整えた。

「え、あ……あなた、は……」

アンジェリンは驚きに目を見開き、口をぱくぱくさせた。

銀髪を振り乱し、ローブを血に染めたエルフの女が、そこにいた。

エメラルド色の瞳が、アンジェリンの姿を映した。

一〇九　ほんの数瞬がひどく長く感ぜられた。互いに

ほんの数瞬がひどく長く感ぜられた。互いに息を呑むようにして見つめ合っただけなのだが、その間にアンジェリンの頭の中では色々の事が稲妻のように通り過ぎた。

「サティさん？」

アンジェリンの言葉が音として耳に届く前に、エルフの女は焦ったように立ち上がった。しかし足がふらつくらしい。危うげなバランスを、足を踏ん張って何とか取った。

「あなたたちは……？　どうしてこんな所に……早く逃げないと」

「いや、ひどい怪我じゃないですか！　無理しないで！」

トーヤが慌ててエルフに駆け寄る。エルフの右肩、そして脇腹から血が溢れているらしかった。白磁のような美しい頬にも切り傷が走り、そこから血が流れている。アンジェリンもハッとして腰のポーチに手をやった。

「待って……薬が……」

「駄目だよ！　わたしなんかに構わないで早く」

エルフは言葉の途中で、焦ったように振り向いた。険しい表情をして身構える。

「く……追いつかれた……」

　空間が再び水面のように波立ったと思ったら、黒いコートを着た中年の男が現れた。うねりのある白髪交じりの茶髪をひっつめて束ね、右目から頬にかけて古傷が走っている。

　黒いコートの男は剣を前に突き出した。先端の欠けた長いカットラスである。

「直接ベンジャミンの首を狙いに来るとは見上げた根性だ。だがぬかったな。たった一人で何とかなると思ったか」

「はは、流石にしつこいね……わたしはあなたに用はないんだけどな」

「私もお前に用などない」

「もう、それなら見逃してよ」

「雇われた以上、お前を捕らえるのが私の仕事だ」

「へえ……あのベンジャミンは本物じゃないのに？」

「些細な事だ。む……？」

　エルフの女を庇うようにして前に出たアンジェリンを見て、男は怪訝そうに目を細めた。

「お前は……」

「誰だか知らないけど、動けない人を攻撃するのはカッコ悪い」

　剣を抜いたアンジェリンを見て、男はにやりと口端を吊り上げた。

「そうか、お前がそうか。面白い」

「ふん……トーヤ、その人お願い……トーヤ？」

返事がないので変に思って目をやると、トーヤは床に膝を突いていた。驚愕に目を見開き、胸に手を当てている。脂汗が垂れ、ひどく苦しそうだ。

「なんで……どうして、お前が……」

「どうしたの……？」

アンジェリンは困惑して、トーヤの肩に手を置いた。呼吸で肩が上下している。荒い。黒いコートの男が何やら変な、考えるような顔をした。

「何故ここにいる？　お前は死んだ筈ではなかったか」

「そうだ……お前が殺したからな」

「……？　ああ、そうか。お前、出来損ないの方か」

その言葉に、トーヤは怒りに顔を歪めた。地面を蹴った。腰の剣を抜き放ち、男に斬りかかる。アンジェリンが目を剝くほどの技量だったが、男は事もなげにその剣を受け止めて押し返した。冷たい視線でトーヤを射抜く。

「浅い。何の進歩もないな。恰好ばかり真似て、どういうつもりだ？　そんな事をしても奴は戻っては来んぞ」

「ふざけるなッ！　母さんが……母さんがどんな気持ちでいたと思ってる！」

期せずして戦いが始まってしまった。しかしトーヤは頭に血がのぼっているのかやや動きが荒い。加勢しなくては、とアンジェリンは足を動かしかけたが、エルフの怪我も深い。手当てをしなくてはならないか、と逡巡した時、背後に別の気配を感じて咄嗟に振り返った。

白いローブを着た男が立っていた。フードを目深にかぶっていて顔は見えないが、友好的でないのは明らかである。

アンジェリンはエルフの女を庇うようにして、ローブの男を睨みつけた。エルフの女が呻いた。

「シュバイツ……」

「え……こいつが？」

シャルロッテをたぶらかし、魔王を始めとした種々の実験を行っている魔法使い。黒幕と言って差支えない人物だ。まさかここで出くわす事になろうとは。

目の前にはシュバイツ。背後には黒いコートの男がトーヤと戦っている。

前後を挟まれて逃げ場はない。カシムたちが騒ぎに気付いて出て来てくれればいいのだが、と淡い期待を抱きながら、アンジェリンは剣を握り直した。

その時、エルフの女が小さく囁いた。

「少しだけ……時間を稼げる？」

「……倒しちゃうかも知れないけど、いい？」

「ふふっ！　そりゃ大歓迎！」

エルフの女が笑った。綺麗な笑顔だった。

アンジェリンは改めてシュバイツの方を見た。シュバイツは何をするでもなく、腕組みしたまま突っ立っている。こちらを観察しているようにも見える。一見隙だらけだが、マリアと互角にやり合う技量の持ち主だ、油断はできない。

前に踏み込もうとしたその時、後ろから魔力の奔流を感じたと思ったら、トーヤの怒鳴り声が聞こえた。

『獣の影より　暗がりより　骸をすべし王は　蝿山《はえやま》の頂上に鎮座まします！』

「えっ」

こんな狭い通路で大魔法だと、とアンジェリンは流石に仰天して足を止めた。

魔力が膨れ上がったと思うや、何やら質量を持った巨大なものが現れたらしい。肉が腐ったような、嫌な臭いが漂って来た。エルフの女が呟いた。

「なんとまあ……暗黒魔法？」

一般に外法と称される魔術群の類を暗黒魔法と呼称する。高い威力を持つが、使用する事で精神や肉体が蝕まれるものが多い。そんなものを扱えるなんて、トーヤは何なのだ？　とアンジェリンはシュバイツから目を離さないながらも、頭の中はやや混乱した。

シュバイツは動かない。何か魔法を準備している様子もない。ただ突っ立ったままだ。

何となくじれったいが、この状況で動かないのが却って怪しいように思われ、アンジェリンも一度足を止めてから、再び踏み出すタイミングを計れなかった。

「半端だな。つまらん」

背後から声が聞こえた。魔力が弾け、烈風となって吹いて来た。アンジェリンの三つ編みが揺れる。トーヤの召喚した何かが吹き飛ばされたのだろうか。それから小さな苦痛の声。トーヤだ。やられたのか？　とアンジェリンは軽い焦燥を覚える。

その時、ぐいと服を後ろから引かれた。

「寄って！」

エルフの女に抱き寄せられたと思うや、目の前の風景が磨《す》り硝子を隔てたようにぼやけた。シュバイツの白いローブが溶けるように消えた。

標的が消えた事で、〝処刑人〟ヘクターは剣を鞘に収めた。

「大魔法の破裂で妨害魔法が揺らいだか。この分では、マイトレーヤはしくじったようだな」

「だから警戒しろと言った。所詮は魔獣か」

ヘクターは怪訝な顔をして、歩いて来たシュバイツに声をかける。

「どういうつもりだシュバイツ。うまうまと逃げられおって、何を遊んでいる」

「まだ足りん。時期尚早だ」

「なんだと？」

「……あのトーヤとかいう若造、お前とはどういう関係だ？」

ヘクターの問いには答えず、シュバイツは逆に聞き返した。ヘクターは顔をしかめながらも答えた。

「……出来損ないだ」

「お前のか」

「東で罪人を狩っていた頃のな。あれの兄はそれなりだったが、甘さ故に死んだ」

「優秀な兄に不出来な弟というわけか」

「弟ではない」

ヘクターはそう言って口をつぐんだ。

シュバイツは黙ったまま手を振った。

二人の姿が陽炎のように揺れて消え去った。

○

湯気の立つ甘いお茶を、マイトレーヤはうまそうにすすって息をついた。パーシヴァルが呆れたように壁にもたれかかる。

「あっさり鞍替えしやがって、ゲンキンな奴だなお前は。信用されねえぞ、それじゃ」

「別に信用して欲しいとは思ってない。命が一番大事」

「ふん、魔獣らしいといえばらしいか」

マイトレーヤは口を尖らして、コップをテーブルに置いた。

「何を聞きたいの？」

「エルフはどれくらい前から狙われているんだい？　きっかけがあるんだろう？」

「わたしが雇われた時には、もうエルフは狙われてた。というより、エルフの結界対策としてわたしが雇われたの」

「三年もかかったのか」

「そう。でもそれはわたしが無能だったんじゃない。エルフが足取りを摑ませなかったから」

わたしの魔法は対象の魔力をポータルにするからまず相手の魔力を云々というマイトレーヤの長講が始まりかけたのを、パーシヴァルが小突いて止めた。ベルグリフは顎鬚を捻じる。

「ソロモンの鍵か……どうしてエルフはそんなものを持っているのかな」

「……元々はベンジャミンとシュバイツが手に入れかけたもの。けど、それをエルフが横からかすめ取った。エルフはずっとベンジャミンたちの邪魔をし続けていたから」

マイトレーヤ曰く、詳細は知らされていないが、皇太子ベンジャミンと〝災厄の蒼炎〟シュバイツは、ソロモンと魔王に関する研究を随分長い事行っていたらしい。その過程で、ベルグリフたちもビャクから聞いた、魔王を人間にする実験も行われていたようだ。子を産ませるという実験の内容ゆえに、被験者は様々な種族の女性だったようである。

どういうきっかけかは分からないが、エルフは帝都付近に幾つかある秘密の実験施設を度々襲撃し、施設を破壊するのと同時に、その被験者や実験体を助け出して行ったらしい。その為、現在はその実験は行われていないようだ。

「そのエルフもかつては被験者の一人だった、とわたしは思う」

マイトレーヤはそう言ってまたお茶をすすった。パーシヴァルが難しい顔をして口元に手をやった。

「えげつねえな。だが筋は通ってる」

「被験者だったからこそ、皇太子たちの陰謀の重大さを理解して阻止し続けている、というわけか……」

何となくやるせない気持ちでベルグリフは目を伏せた。それはひどく心細い戦いである事だろう。

「なあ、ベルよ。もし、そのエルフがサティだったとしたら……」

「ああ。下手すれば皇太子と一戦交える可能性もある、って事だな」

「可能性じゃない。確実にそうなる。その覚悟はある？　皇太子が敵という事はローデシア帝国が敵。あなたたちがいくら強くても、帝国を丸ごと敵に回せば、まず勝てない」

ベルグリフは目を細めて顎鬚を撫でた。

「……皇帝陛下も同じ考えなのかな？」

マイトレーヤは首を傾げた。

「それは知らない。でも少なくとも皇太子は実験やシュバイツの事は公にはしてない」

「当然だろうな。魔王の絡む人体実験なんざ、表沙汰になりゃ大騒ぎだ」

「そこを……上手く利用できないだろうか。帝国じゃなくて、皇太子個人とだけ敵対する形になるならば、少なくとも手も足も出せない状況ではなくなる。彼らだって後ろめたい事をしているという自覚はあるだろうから、上手く立ち回れば帝国を後ろ盾にさせずに済むかも知れない」

「ふーむ……」

パーシヴァルは腕組みして唸った。

「そうなればそうだろうが……その方法が思いつかねえぞ」

「俺だってそうさ。まだ情報がなさすぎる。そもそもエルフがサティかどうかも分からないんだし」

マイトレーヤは不思議そうな顔をして、ベッドの上で膝を抱いた。

「そうまでして会いたい？　そのサティってエルフ」

「ああ。その為にここまで来たからね」

「……人間って変」

「はっ、人間に紛れて暮らすなら、それくらい理解できるようにしとけ」

パーシヴァルがそう言ってマイトレーヤを小突いた。マイトレーヤは「うぐ」と小さく呻いた。

「さて、どうするかね。こいつの魔法は役に立たんし、手がかりも今のところないが」

「……あの帝国兵たちが無事に戻ったならこちらはもう警戒されているだろうし、アンジェたちが何か得てくれているのを期待するしかないか……もしくは」

ベルグリフはマイトレーヤを見た。マイトレーヤははてと首を傾げた。

「なに？」

「フィンデールにはもう手がかりがないとすれば……彼女に頼んで帝都に転移させてもらうかだ」

今までの話からして、エルフの活動拠点は元々帝都にあったらしい事はうかがい知れた。フィンデールで待っている時間が惜しいように思われる。

「どうかな？　マイトレーヤ、君の魔法は帝都まで行けるかい？」

「もちろん。ちょっと時間がかかるけど……」

マイトレーヤは乗り気な様子で立ち上がった。パーシヴァルがぼりぼりと頭を掻いた。

「おいおい正気か？　転移魔法なんぞ使わせたら一人だけ別の場所に行くに決まってるぞ。そもそも俺たちを無事に転移させる保証なんぞねえ」

「そうかな？　君はまだ皇太子の味方をするかい？」

マイトレーヤは慌てたように首を横に振った。

「しない」

「口でならいくらでも言える。大体、俺が睨んでんだから頷くわけねえだろうが」

「そ、それだけじゃない。言ったでしょ、これだけ情報を漏らしちゃったんだから、今更戻ってもわたしに居場所なんかない……」

「さて、どうだか？　結局お前は計画の根幹だの何だのは知らないじゃねえか。逆に俺たちの情報を向こうに持って行けばお釣りが来るぜ」

「そんな事しない……シュバイツたちは裏切りは許さない。わたしがあなたたちの情報を持って帰ったって褒めてくれない。ひどい目に遭うだけ」

「ともかくベル、俺はまだこいつを信用しきれん。お前の案とはいえこれは乗れねえな」

「……リーダーは君だからな、俺は従うさ」

パーシヴァルが単なる意地悪で言っているのではない事は明白だ。言葉の端々から、ベルグリフを危険に遭わせまいとする意思を感じた。それが過去のトラウマから来るものなのか、それともリーダーとしての責務を感じているからなのか、いずれにしても若い頃に比べて随分慎重になったな、と思わず笑みがこぼれた。パーシヴァルが唇を尖らせる。

「……なんだよ」

「いや、君も大人になったのかな、とね」

「何言ってやがんだ。ともかく、カシムたちが戻るのを待とうぜ」

パーシヴァルはそう言って椅子に腰を下ろした。

マイトレーヤは少ししゅんとして、またベッドに腰かけた。詰まらなそうに足をぶらぶらさせる。

ベルグリフは苦笑した。

「……お茶、もう一杯飲むかい？」

「飲む……」

○

気が付くと、不思議なセピア色の光の溢れる場所に立っていた。小ぢんまりとした家が建っており、淡い燐光が虫のように漂っては消える。周囲は森に囲まれているらしかった。

一瞬呆けたアンジェリンだったが、これは転移魔法だと気づいて慌てて後ろを振り向いた。

魔法を使ったらしいエルフの女は息を切らして地面にへたり込み、その傍らにはトーヤが膝を突いて苦しそうに俯いていた。

エルフは周囲を見回して、ホッと表情を緩めて独り言ちた。

「……なんとか、戻れた、かな。はあ、一念してもこのザマとは情けないなあ……ヘクターとシュバイツの二人相手は流石にきつかったか……」

それからアンジェリンを見て微笑んだ。

「ありがとう、おかげで死なずに済んだよ。いたた……」

「喋っちゃ駄目。今手当てするから……トーヤ、平気?」

「……俺は大丈夫」

トーヤは向こうを向いたままだが、自分で傷の手当てをしているらしい、ごそごそと衣擦れの音が聞こえた。アンジェリンはふうと息をついて、腰のポーチから薬の小瓶と包帯を取り出す。

その時、ぱたぱたと小さな足音が聞こえたと思ったら、少し離れた所で止まった。

目をやると、黒い髪の毛をしたそっくりな子供が二人、ビックリしたような顔をして突っ立っていた。

「知らない人」

「知らない人だ」

「サティのお友だちかな?」

「かな?」

サティ。そう言った。

アンジェリンは心臓が激しく打つのを感じながら、エルフの女の方に目をやった。エルフらしい少女のような容貌だが、どことなく老獪な雰囲気も感じさせる。

美しい顔立ちに、絹のような銀髪が揺れているが、しかし眉だけは野暮ったく太い。話に聞いていた特徴だ。

おずおずと、しかしはっきりと耳に届くように言った。

「やっぱり……サティさん、なんだね？」

「あなたは……？」

アンジェリンは深呼吸した。

「わたしはアンジェリン。ベルグリフの娘」

エルフの双眸が驚愕の光を宿した。

「ベルグリフって……赤髪の？」

「そう。右足が義足の」

アンジェリンが頷くと、エルフ――サティは動揺した様子で、しかし真っ直ぐにアンジェリンを見つめた。

「ベル君……生きてたんだ。しかも娘まで……」

「カシムさんもパーシーさんも一緒だよ。みんなで会いに来たんだよ、サティさん」

「な……」

見開かれた目から涙があふれた。サティは慌てたように俯き、手の平で顔を覆った。

「なんで……なんで……」

「サティさん」

アンジェリンは膝を突いてサティの背中に手をやった。長い髪の毛は乱れてはいるが柔らかく艶《つや》やかだ。血にまみれているのに、綺麗な人だなと場違いな事を思った。

落ち着くのを待とうかと思ったが、不意にサティはそのままうつ伏せに倒れてしまった。アンジェリンは仰天する。しかし考えてみれば当然である。まだ傷の処置は何もしていない。

「サティ！」

「どうしたの？」

黒髪の双子が大慌てで駆け寄って来た。それでもやや怖がったように少し離れた所で立ち止まって、アンジェリンを窺い見た。警戒するような視線だ。

アンジェリンは焦って包帯を手に取った。不安そうな双子を見て、やや口ごもりながら言う。

「怪我してるから……手当てするから」

「君たちはここの家の子？　この人は知り合いかい？」

いつの間にか手当てを終えていたらしいトーヤが現れて、慎重な手つきでサティを抱き上げた。

問いかけられた双子は動揺しながらも頷いている。

アンジェリンは驚いて目をしばたたかせた。

「トーヤ、怪我は……」

「俺は大丈夫。手当てするにもここじゃ駄目だ、家にベッドがあるだろうから借りよう」

「う、うん」

トーヤは迷いのない足取りで家の中に入って行く。双子が顔を見合わせて、その後を追っかけた。

アンジェリンも後に続く。

家の中は薄暗かったが、こざっぱりと整頓されていて、陰気な雰囲気はなかった。むしろ静謐《せいひつ》で心が休まるような雰囲気であった。

トーヤはサティを寝床に横たえると、慣れた手つきでさっさと服を脱がしにかかった。

一瞬呆けたアンジェリンだったが、慌てて駆け寄ってそれを制する。

「わたしがやるから……」

「え？　あ、そっか、ごめん。水汲んで来るよ」

トーヤは慌てたように引き下がった。緊急時とはいえ女の服を脱がすのに何の躊躇もないなんて大した男だなあ、とアンジェリンは感心するやら呆れるやら。

ともかく、それで引き受けて手当てをする。

東方風の前合わせの服は脱がせるにも楽だった。ゆったりした服の上からでは分からなかった想像以上に豊かな胸の双丘に、女ながら思わず赤面した。だがそんな場合ではない。

血にまみれているから着替えも用意しなくてはならないだろう。そう思っていると、水を汲んで来たトーヤが後ろで双子にそう言って着替えの場所を聞いているのが聞こえた。

血を流し過ぎたのか、顔色はやや悪い。

傷の周りの固まりかけた血を濡れた手ぬぐいで拭くと、サティがうめき声を上げ、うっすらと目を開けた。

「うぐぅ……いてて……」

「起きちゃ駄目。手当てしてるから」

「……はー」

サティは起こしかけた上体を再び横たえた。

傷を洗い、薬を塗りながら、アンジェリンはその顔をちらりと窺った。天井を見つめたまま、サティが呟いた。

「アンジェリンちゃん、だよね。不思議。まさかベル君の娘が助けてくれるなんて」

「……お父さん、サティさんに会いたがってたよ」

「あはは、そっか……パーシー君とカシム君も一緒なんだって？」

「うん……包帯巻くから、ちょっと」

「ふふ、ありがと」

ゆっくりと起きたサティの腹に包帯を巻いて行く。サティはそんなアンジェリンを優しい目で見つめた。

「……あんまりベル君に似てないね。お母さんは？」

「わたしは拾われっ子なの。お父さんが森で拾ってくれたから……」

「へえ……そうなの」

「いっぱい聞いたよ、サティさんの話」

「あはは、どうせ碌でもない事ばっかりでしょう？　料理もできないガサツで乱暴な女だって。特にパーシー君とカシム君はお調子者なんだから、口を開けば悪口ばっかり」

「そ、そんな事ないよ……」

アンジェリンは口をもごもごさせながら、モーリンから分けてもらって小瓶に移していた霊薬を手渡した。

サティはおやという顔をする。

「霊薬？　エルフが作ったみたいな匂いがするね……わたしのじゃなさそうだけど」

「あのね、エルフの友達もいるんだよ。三人も。グラハムおじいちゃんとマリーはお父さんが先に友達になったの」

「グラハムおじいちゃん……ってもしかして〝パラディン〟？　凄いなあ、それは。ベル君ってば、娘は育ててるし〝パラディン〟と友達になってるし、わたしたちの知らない所で何やってたのよ、もー」

サティは笑って霊薬を飲み干した。そうして口元を拭いながら少し遠い目をする。

「……喧嘩別れだったんだ。ベル君が大怪我して、いなくなって、パーシー君といつも言い合いになって、カシム君はおろおろしてて……ふふ、三人とも仲直りしてくれたんだね」

「うん、聞いた。パーシーさん、サティさんに沢山ひどい事言ったって……」

「言われたよおー、もう、あの馬鹿ったら柄にもなく思い詰めちゃって」

サティはけらけら笑いながら再び寝床に転がった。

「……でも一番馬鹿なのはベル君だよ。全部一人で背負い込んじゃってさ……ホントに…………ばか」

閉じた目から涙がこぼれた、と思ったら寝息が聞こえた。早速霊薬が効いて来たらしい。

アンジェリンはホッとした心持で肩の力を抜き、サティに布団をかけてやった。

あまりに色んな事が起こり過ぎて、頭の中は台風が来たようだった。

ベルグリフたちの事を伝えたいという気持ちばかりが逸って、サティがここで何をしているのだとか、そんな事は何も聞けていない。言いたい事も多いし、聞きたい事もあまりにも多い。とても整理できそうになかった。

「寝た？」

離れて見守っていたらしいトーヤがやって来た。黒髪の双子も焦ったように駆けて来てベッドにかじり付く。

「サティ、だいじょうぶ？」

「ねてるの？」

アンジェリンは頷いて、双子の頭を撫でた。何となくミトに似ているなと思った。双子はくりくりした目でアンジェリンを見上げた。

「おねえちゃん、だれ？」

「サティのお友だち？」

「うーん、そう、だね……わたしはアンジェリン。あなたたちは？」

双子は顔を見合わせてから、再びアンジェリンを見た。

「わたしマル」

「わたしハル」

「マルとハルだね……よろしくね」

アンジェリンが手を差し出すと、双子は照れ臭そうにはにかんで、差し出された手を握った。小さくて、柔らかくてすべすべしている。トーヤが安堵の息をついた。

「よかった……ごめんねアンジェさん、俺、暴走しちゃって……」

「いい。結果的に助かったし……でも、どうしたの？　あの黒い服の人、知ってるの？」

「……まあ、ね。色々あってさ。その人、捜してたエルフさんでしょ？　よかったね、見つかって」

トーヤは誤魔化すように苦笑して肩をすくめた。服には袈裟に斬られたらしい跡があった。下に血のうっすらとにじんだ包帯が見えた。それほど深い怪我ではなさそうだが、知り合いらしいのに、これだけ本式に斬られるとは穏やかな関係ではないだろう。

あまり踏み込まれたくない事なのだろうか、とアンジェリンは追及するのはよした。自分の混乱も治まっていないのに、人の複雑な内情に踏み込んでもきちんと受け答えできるか分からない。

サティの穏やかな寝息を聞いて安心したのか、マルとハルの双子はもじもじしながらアンジェリンの手を引いた。

「あのね、お話ししたいな。おにわ、行こ？」

「アンジェリンたち、お外からきたんでしょ？」

「お外？　まあ、外……なのかな？」

アンジェリンはトーヤの方を見た。トーヤは笑って頷いた。

「ここは俺が見てるから行って来たら？　ここ、どうも普通じゃないみたいだし」

確かに、家の外は不思議な光で満ちていて、明るいのに色彩に乏しいような気がする。今はサティを起こすわけにもいかないし、双子から話を聞いてもよさそうだ。難しい話はできなさそうだが、それでも全く無駄にはなるまい。

アンジェリンは双子に手を引かれて庭に出た。

一一〇　まるで収穫期の麦のように、木々は黄金の葉を

　まるで収穫期の麦のように、木々は黄金の葉を揺らしていた。しかしよくよく見てみれば、その黄金色の向こう側に青みが見えるように思えた。光そのものに色があるようで、それを照り返しているからそう見えるのだろう。

　豊かに見える森なのに、鳥や獣の気配がしない。そうして冬が間近である筈にもかかわらず、まるで早春の如き暖かさと草木の茂り具合だ。山育ちのアンジェリンには、それが奇妙で、どうにもしっくり来ないような気がして、落ち着かなかった。

　ちょっと待ってて、と向こうに行っていたハルとマルが駆けて来て、腰を下ろしたアンジェリンの頭に花で編んだ冠を載せた。

「あげる」

「マルと作ったんだよ」

「ありがと……よくできてるね」

　シロツメクサの白い花も、この場所のセピア色の光を受けて黄金色だ。

　双子はアンジェリンを挟むように座って、くりくりした黒い瞳で彼女を見上げた。

「アンジェリンはどうしてきたの？」

「サティに会いにきたの？」

「うん」

「すごい」

「お外からのおきゃくさんだ」

双子は顔を見合わせてきゃあきゃあとはしゃいだ。

「あなたたちは……サティさんの子供？」

アンジェリンが言うと、双子は首を振った。

「サティはお母さんのお友だち」

「そっか。お母さんは？」

「こっち」

ハルがアンジェリンの手を引いて立ち上がった。導かれるままに家の裏手に回って行くと、小さな墓石があった。新しい花が供えてある。アンジェリンは息を呑んだ。双子は墓石の前に駆けて行った。

「お母さん、ここでねてるの」

「ねぼすけさんなんだよ。いつおきるのかなあ？」

そう言って双子はくすくすと笑った。どきん、と心臓が高鳴った。アンジェリンは胸を押さえながら、双子に歩み寄った。双子はそれぞれアンジェリンの手を握ると、座れと促すように引っ張った。

「サティはね、お母さんをいじめるわるい人たちから、お母さんをたすけてくれたんだ」

「わたしたちもいっしょだったんだよ」

「くらいところだったよね」

「こわかったもんね」

「……ここはどこなの？　サティさんのおうち？」

アンジェリンが言うと、双子は頷いた。

「サティがまほうで作ったんだって」

「ここから出ちゃだめなんだって。わるい人がいるからって」

「でもお外ってすごいよね。人がいっぱいいるって」

「わたし、生きたお魚見てみたい。お水の中をおよぐんだって。ほんとう？」

「本当、だよ……あと、鳥っていってね、翼で空を飛ぶ生き物もいるんだ」

思った通り、ここには生き物がいないのだ。双子はサティが外から持って来る食材としての鳥や魚、獣は知っていたが、生きているものは知らないようだ。どちらも目を輝かしてアンジェリンの話に聞き入った。

「お外すごい。お母さんもサティもいっしょに行きたいな」

「アンジェリンにもお母さんいるの？」

「わたしにはいないんだ。でもお父さんがいるよ」

「おとうさん？」

「おとうさんってなーに？」

「う、うーん……？　男の、親。女の親がお母さんで、男の親がお父さん」

双子はきょとんとしている。よく分かっていないようである。

「……わたしのお父さんはベルグリフっていうの。とっても強くて、カッコ良くて、優しいんだよ」

「つよい？」

「やさしい？」

「そう。おんぶしてもらうと、とっても背中が広くて……あと女にはない髭っていう短い髪の毛みたいなのが生えるんだ。この、ここ。顎の所に」

アンジェリンが手を伸ばしてマルの顎を触ると、マルはくすぐったそうにきゃっきゃと笑った。

ハルは笑いながら自分の顎を撫でている。

「頬ずりするとじょりじょりしててね、気持ちいいんだよ」

「じょりじょり」

「やってみたい！」

双子は興奮した様子で手足をぱたぱた動かした。アンジェリンが何となく和んだ気持ちでそれを眺めていると、後ろからくすくすと笑う声がした。振り向くと、サティがトーヤに肩を借りて立っていた。

「すっかり懐いちゃって……よかったねえ、ハル、マル」

「あ、サティ」

「おきたの？」

双子は立ち上がってサティに駆け寄った。サティは笑って双子をくしゃくしゃと撫でた。

「言ったでしょ、わたしは強いって。ほら、アンジェリンちゃんにもっと大きな冠を作ってあげなよ。トーヤ君だって冠欲しいって」

「わかった！」

「お花つんでくるね」

双子は張り切った様子で駆けて行った。それを見送ると、サティはゆっくりと腰を下ろした。まだ傷が治っている筈はない、やや表情が辛そうだ。

アンジェリンははらはらした気持ちでサティの肩に手を置いた。

「サティさん、無理しないで……」

「あはは、大丈夫大丈夫、死にやしないから……改めてありがとう、アンジェリンちゃん、トーヤ君。正直、もう駄目かと思ったよ」

サティは小さく頭を下げて謝意を示した。アンジェリンは口をもぐもぐさせる。

「あの、あの……サティさんはずっと戦ってたの？」

「……もしかしてあの子たちから聞いた？」

「うん……お母さんと一緒に、サティさんに助けてもらったって」

サティは目を伏せて嘆息した。

「……シュバイツたちはね、ソロモンの遺産、つまりホムンクルスに関する実験をずっと行って来たの」

「魔王を人間にするっていう……？」

「あれ、知ってるの」

やや驚いた顔をしたサティに、そうやって産まれたビャクや、利用されて邪教を広めていたシャルロッテの話をした。サティだけではなく、トーヤも興味深げに耳を傾けていた。

「……それで、今はトルネラで暮らしてる」

「そっか。あはは、流石はベル君だ」

「魔王、か。想像もつかないな……でも、魔王を人間にして、それでどうしようっていうんですか？　俺にはよく意味が分からない」

トーヤは腕組みして唸った。サティはため息をついて、少し悲し気に目を伏せた。

「……わたしには詳細は分からない。ソロモンのホムンクルスを研究している組織はいくつもあったけど、人間にしようって奴らはシュバイツたちだけだった。でも、人間にする事が最後の目的じゃないみたいだったよ。その先に何かがある。そしてそれにはソロモンの鍵が必要な筈」

「ソロモンの鍵……？」

「それは一体？」

「ソロモンの遺産の一つだって。なんでも、昔ソロモンはそれを使ってホムンクルスたちを統制していたらしいけど……でもあいつらが手に入れる寸前に、わたしが横からかっさらった。それで破壊したよ。これであいつらの計画も進まないさ」

サティはそう言って、ぎゅうと拳を握りしめた。

「わたしは許せなかったんだよ、そういうひどい事はさ。だから戦って、施設や道具を壊して邪魔した。耐えながら機会を待って、捕まった女の人たちや生まれた子供を助けた。でも、みんな死んじゃったよ。苛烈な実験に体が耐えられなかったのかな」

アンジェリンはハッとしたように傍らの墓石に目をやった。サティは微笑んで頷いた。

「そう、ハルとマルのお母さん。一度はここに匿えたけど、段々憔悴して、ね」

サティは懐かしそうに、しかし辛そうに目を伏せた。

「気丈な人だった。最後までわたしの事を気にかけてくれた。助けてあげられなかったのが心残りだよ。他のお墓はもっと向こうにある。たくさん、看取ったよ。幸い、あの子たちだけは元気に育ってくれてる。それが救いかな……」

アンジェリンは何も言えずに口をもごもごさせた。トーヤは絞り出すように言った。

「じゃあ、あの二人は実験体の生き残り、ですか……？」

「そういう事になるね。ふふ、でも今は娘みたいなものだけど」

「……フィンデールのエルフもサティさん？」

「うん。ここじゃ食べ物はあまり手に入らないから、疑似人格の魔法を使って買い出しに出てた。まさかあれで尻尾を摑まれるなんて思わなかったよ……」

サティはそう言って笑った。

「数年前から……皇太子が偽者に取って代わった時から何となく嫌な予感はあったんだけどね」

「え……偽者？」

「それ、本当ですか？　今の優れた為政者が？」

アンジェリンとトーヤは思わず目を見開いた。サティは頷く。

「聞くでしょ、皇太子は元々は凄い暗愚だったって。その変わりようには皆驚いたみたいだけど、優秀になる分には誰も文句は言わないでしょ？　しかも地位は驚くほど高い。いくら不自然でも、偽者だと追及する事なんかできないよ」

「……ローデシア帝国が魔王の研究をしているんじゃなくて、シュバイツ一派が帝国を利用してるって事ですか」

「そうなるかな。そのせいで、わたしも随分身動きが取り辛くなったから……いよいよ向こうも態勢を整えて手駒を揃えたみたい。ここももう安全じゃなさそうだね。わたしは随分恨みを買ってるから、相手も逃がすつもりはないだろうし」

サティは寂し気に笑った。アンジェリンは居ても立ってもいられなくなり、サティの肩を抱いた。

「……サティさん、もう一人で頑張らなくていいよ。お父さんもパーシーさんもカシムさんも来てる。わたしだって手伝う。きっと何とかなるよ」

「俺も及ばずながら。因縁のある相手も絡んでいるみたいだし」

サティは微笑んで、二人の肩に手を置いた。

「ありがとう」

「サティさん」

「……でもね、わたしは失い過ぎたよ。もう、失うのは怖いんだ」

不意にサティが立ち上がって、素早く二人から距離を取った。魔力の流れを感じた。

目の前の風景が揺らいだ。まるで磨り硝子を通して見るように、サティの姿もぼやけて行く。転移魔法だ。

アンジェリンは仰天した。

「サティさん！」

「……ベル君たちに言っておいて。わたしは会いたくなんかない。だから会おうなんて考えるなって。せっかく掴んだ幸せをみすみす投げ捨てるなって」

「待って！　駄目だよ……！」

「あなたと会えて嬉しかった……わたしの事は忘れてね」

サティはにっこりと笑った。

アンジェリンが手を差し伸べる前に、セピア色の光が急速に消え去ったと思ったら、アンジェリンとトーヤは元の暗い通路に座っていた。

アンジェリンは愕然として呟いた。

「なんで……」

虚空に突き出された手が、だらんと力なく垂れた。

話す事が尽きて、ベルグリフもパーシヴァルもそれぞれに何か考えるような顔をしてむっつりと黙り込んでいた。

○

マイトレーヤは退屈そうにベッドに仰向けになったりうつ伏せになったりしていたが、やがてうんざりした顔をして口を開いた。

「……どうするつもりなの？」

「それを考えてるんだが……」

「仲間を待つくらいしかできねえよ。大体チビ小悪魔《インプ》、お前、いくら何でも情報持ってなさすぎだ。これじゃ二進《にっち》も三進《さっち》もいかん」

「そんなのわたしのせいじゃない。皇太子たちはそれだけ用心深い」

「それにしたって名前くらい聞いとけ。くそ、せめてエルフの正体だけでも分かればな。別人なら皇太子どもと敵対する必要もないんだが」

「うん……」

ベルグリフは頷きこそしたが、そんな事はないだろうという妙な確信めいたものがあった。根拠はない。しかしそう思う。

ふう、と息をついて椅子にもたれた。動かした義足がこつこつ音を立てた。雨音が強くなったように思われた。

その時、不意に壁に立てかけた大剣が唸った。

空間が揺れたと思ったら、宙空にぼんやりと何か映り始めた。即座に剣を抜く構えを取ったパーシヴァルが、怪訝そうに目を細めた。

「こりゃ……通信の魔法か？」

曇った窓を通したようなぼやけた風景が、やがてはっきりと見えると、そこにはいくつもの人影が映っていた。

『お父さん！』

「アンジェ……？」

ベルグリフは驚いて立ち上がった。向こうではアンジェリンやカシム、帝都に向かったメンバーが押し合いへし合いしている。薄暗く、青白い明かりの部屋にいるらしい。

『わー、ホントに映ってる！　これ時空魔法？　すごーい！』

『ちょ、押すなってミリィ！』

『うわあ、こっち詰めてくんなよ、見えねえだろ！』

『サラザール！　もうちょい音上げて！』

『こらぁ！　お前らが映っても仕様がないだろ！　下がってろって！』

「おい、やかましいぞ。一度に喋らねえで落ち着いて言え。その様子だとサラザールには無事会えたみたいだな。首尾はどうだ？」

パーシヴァルが笑いながら言った。アンジェリンの顔がドアップになった。

『あのね……サティさんに会った』

「……はっ？」

「なんだとぉ！　そこにいるのか!?」

パーシヴァルが息巻いて前に出た。アンジェリンは目を伏せて首を横に振った。

『……サティさん、お父さんたちに会いたくないって』

「な……何考えてやがんだ、あいつ」

ベルグリフはちらとマイトレーヤの方を見てから、アンジェリンに視線を戻した。

「アンジェ、最初から順序立てて話してくれるかい？」

アンジェリンは頷いた。そうしてゆっくりと話し出す。

廊下で唐突にサティ、そしてシュバイツと遭遇した事、逃げるように転移して、結界の中らしい不思議な家に行った事。フィンデールのエルフはサティだったという事。シュバイツやベンジャミンの企みを阻止するために戦い続けていた事。そして協力と再会を拒まれてしまった事。

パーシヴァルが腕組みして唸った。

「皇太子が偽者だと？　穏やかじゃねえな……サティはそんな相手と戦ってやがったのか」

『……サティさん、どうするつもりなのかな。シュバイツ達と刺し違えるつもりだったら、わたし……』

アンジェリンは手の甲で目をこすった。カシムが悔しそうに床を踏み鳴らした。

『オイラ馬鹿だ。サティはずっと帝都近くにいたんだ。オイラもそうだったのに、全然気づきもしなかった……ましてオイラはシュバイツ達とは別の連中とつるんでた時もあった。ソロモンの鍵を探せって言われた時もあった。探してれば、サティに会えたのに』

パーシヴァルがイライラした様子でしきりに部屋を行ったり来たりした。

「馬鹿言うなカシム。それじゃお前はアンジェと会えてねえ。アンジェとお前が会ってなけりゃ、俺だってベルと再会できなかった。そもそも何も始まりゃしなかったんだ。無駄な後悔するんじゃねえ」

『……そうだね。生きてる事が分かっただけでも儲けもんか、へへ』

「マイトレーヤ」

黙って聞いていたベルグリフが口を開いた。呆然として成り行きを見守っていたマイトレーヤは驚いたように姿勢を正す。

「なに」

「もう一度あの空間と繋いでみてくれるかい」

「……そうか、サティが戻ってるなら。できるか?」

「やってみる」

マイトレーヤは両手を前に出した。影が持ち上がり、魔力と共に渦を巻き始めたが、途中で唐突に弾けるようにして消えた。マイトレーヤが驚いたように目を剝く。

「……完璧に対策された。悔しい」

「ホントに役に立たねえなお前は！」

パーシヴァルはマイトレーヤの頭をぺしっと叩いた。マイトレーヤはわたわたと両手で頭を守った。

「ひい、やめて」

『誰だよ、そのちまっこいのは』

マルグリットが言った。ベルグリフは顎鬚を捻じった。

「こっちも色々あったんだ。ともかく、もうフィンデールで得られるものはなさそうだな。パーシー、俺たちも帝都に向かおうか」

「そうだな」

アンジェリンが不安そうな顔をしている。

『お父さん……会っても、大丈夫かな？　サティさん、嫌じゃないのかな？』

「さてね。だが、あの子も馬鹿じゃない。俺たちが首を突っ込んで自分の悶着に巻き込むのが嫌なんだろう。俺はそう信じるよ」

「はっ。一人でどうにかしようなんざ生意気だ、サティの奴め。どんだけ嫌がっても押しかけてやる」

パーシヴァルがそう言って、手の平に拳を撃ちつけた。アンジェリンは安心したように笑った。

『……えへへ、よかった。サティさん、辛そうだったよ。絶対助けてあげようね』

「ああ、もちろんだ」

『でも……大丈夫ですか？　アンジェの話だと、サティさんはシュバイツ達の実験体を保護してる。そして皇太子の偽者もその仲間。サティさんを助けようと思うなら、ローデシア帝国が全部敵になりませんか？』

アネッサが不安そうに言った。パーシヴァルがからからと笑った。

「心配すんな。帝国兵が一万人来ようが、俺が全部切り伏せてやるよ」

『いやいやパーシー、そういう多数の殲滅はオイラの仕事だぜ』とカシムが笑った。

『帝国兵って強いのか？　面白そうだな』とマルグリットがにやにやした。

『いやいやいや……』

物騒な事を言い出す面々に、アネッサが青ざめた。ベルグリフはくつくつと笑う。

「大丈夫だよアーネ。本気で言ってるわけじゃないさ」

『わ、分かってますけど……』

「……だが、実際どうなるかは分からない。正直、俺だって不安だよ。下手をすれば帝国に対する反逆者として捕まるかも知れない。そうなれば確かに帝国全部が敵に回る。そうならないようにしなくちゃ」

『……ベルさん、何か考えがあるんですね？』

ベルグリフは肩をすくめた。

「まだ妄想としか言えないけどね。それにはみんなの協力が必要なんだ。だけど、俺たちおじさんの勝手に付き合って危険な橋を渡ってもらうのも申し訳ないし……もし不安なら無理に協力してくれとは言わない」

『お父さん！』

アンジェリンが怒ったように大きな声を出した。

『なに言ってるの！　みんなその為にここまで来たんでしょ！　今更そんな事言ってどうするの！』

「む……」

『そうだぞベル、今更仲間外れとかナシだからな。第一、おっさん三人だけで何ができるってんだよ、おれがいなきゃ始まらないだろ！』

『マリー一人増えても無駄じゃないかにゃー？』

『なんだと、ミリィコンニャロ！』

『ふふん、だからわたしだってもちろん協力しますよー。帝都に来てまで部屋で丸まってなんかいられないし、そもそもアンジェが行くなら一緒に行くのがパーティメンバー。ねー、アーネ』

『ああ』アネッサは頷いて、それから少し怒ったようにベルグリフを見た。『ベルさん、忘れてもらっちゃ困りますけど、わたしたちは現役の冒険者ですよ。そりゃ最大限に警戒はしますけど、危険に飛び込むのが仕事なんです。今更怖気づいたりしませんん』

『大冒険……！　お父さん、わたしはSランク冒険者だぞ！』

アンジェリンがそう言って胸を張った。

ベルグリフは額に手をやって、完敗だと大きく息をついた。

「……若者には敵わんなあ」

「ははは、頼もしい娘どもじゃねえか！　おいカシム！　娘っ子どもが暴走しないようにきちんと見とけよ！」

『うわ、オイラが一番苦手な事頼みやがったな。ベル、早く来てくれよお』

「はは、分かった。なるべく早くそっちに着くようにする」

『お父さん、何かやっておく事ある？』

ベルグリフは顎鬚を撫でた。声を潜めてパーシヴァルと何か相談し、それから顔を上げた。

「……リーゼロッテ殿に会えるよう、取り計らってもらえるかい？」

『リゼと？』

「ああ。少し帝国内部の情報を得たいんでね」

『それなら俺たちも協力できますよ。これでも帝都にしばらく住んでますから、ギルドにも顔が利きますし』

トーヤが言った。ベルグリフは面食らった。

「トーヤ君……しかし、君たちまで巻き込んでしまっては」

『いや、協力させてください。個人的に因縁のある相手が敵方にいるんです』

「……そうか、分かった。ともかく詳しい話はそっちに行ってからにしよう」

『ありがとうございます』

思い詰めたようなトーヤの表情に、ベルグリフは何となく不安なものを感じたが、ひとまず顔を突き合わせて話してみなくては分からない。帝都に行くのが先だ。

　不意に、映像がざらざらと歪んだ。誰かがぶうぶうと文句を言う声が聞こえた。

『話が長いぞ諸君！　もうおしまいだおしまいだ！　私はくたびれた！』

『あ、サラザールちょっと！』

『お父さん、パーシーさん、気を付けてね！』

　向こう側が慌てたように騒がしくなった。会話に加わらず、蚊帳の外に追いやられていたモーリンがひょこっと顔を出して手を振った。

『待ってますよー。おいしいお店、紹介しますからねー』

　そこでぶつんと映像が消えてしまった。

「ぶれねえな、あいつは」

　パーシヴァルがそう言って笑い、荷物を手に取った。そうしてベッドに腰かけたまま呆然としていたマイトレーヤの首根っこを掴んでひょいと持ち上げた。

　マイトレーヤは目を白黒させて、焦ったように手足をぱたぱた動かした。

「なになに」

「チビ、お前はどうする」

「……帝都に行くの？」

「ああ。こちらとしては君がまたシュバイツ達の所に戻られると困るんだけど……そうしないと約束してくれるなら、もうここで解放しても構わないよ」

「口約束で信用してくれるの？」

「結界を破れないと分かっただけでいいさ。それなら君もシュバイツ達に手土産を持って行く事にはならないだろうし、〝処刑人〟や用心棒の事も教えてくれた。手の内を明かされたんじゃ、流石に向こうも君を信用しないだろう」

ベルグリフはそう言って微笑んだ。

ぽんとベッドに放られたマイトレーヤはちょっと不機嫌そうに眉をひそめた。

「……今までの怖がりも全部演技だったとは思わないの？　明かした情報も全部本当だと思ってるの？　わたしを見くびりすぎじゃない？」

「はは、そうだとしたら大した役者だ。騙されても仕方がないかな」

「子ども扱いして……」

マイトレーヤは渋面で考えるように視線を泳がしていたが、やがて口を開いた。

「馬鹿にされっぱなしは腹が立つ。わたしは〝つづれ織りの黒〟マイトレーヤ、もっと怖がられて、尊敬されてしかるべき魔法使い」

「お前今までいいトコなしなのは事実だろうが、偉そうな口利くな」

「滑稽。あなたたちは甘い。エルフの正体は分かった、あなたたちの狙いも分かった、帝都で動くという方針も分かった。その上、あなたたちの仲間の面子も、大公家とつながりが有る事も分かった。帝都はベンジャミンたちの手の平の上みたいなもの。あなたたちがエルフに味方するという事を伝えるだけで、向こうにとっては値千金の情報。いくらでも対策が打てる」

「成る程……具体的にどういった対策を打つだろうね？」

マイトレーヤはふんと偉そうに胸を張った。

「あなたたちの身動きを取れなくする。ベンジャミンの一声あれば、犯罪者として拘束するのなんか簡単。もしくは、あえて泳がせてエルフと接触させてから一網打尽。初めからそのつもりで網を張っていれば、あなたたちを不意打ちするのも簡単。さっきも教えた通り、〝処刑人〟ヘクターは剣も一流、しかも高位の暗黒魔法の使い手。しかもベンジャミンの傍には用心棒も付いてる。しばらく姿を見せなかったシュバイツまで戻って来た。頭脳も戦力も隙がないの。言ったでしょ、わたしが知ってる事はごく一部、あなたたちの不利は変わらない」

「そこまで心配してくれるとは随分優しいじゃねえか」

パーシヴァルがにやにやしながら言った。マイトレーヤはハッとしたように目を剝いて、それから頰を染めて口を尖らした。

「……謀られた？」

「意地が悪くて済まないね。俺たちがアンジェたちとの会話を君にすっかり聞かせた事、不自然に思わなかったかい？」

「……どうして？」

「もしまだシュバイツ達に与するつもりがあるなら、今のは確かに情報としては有用だ。それを得た時、君がどう動くか、それを確認しようと思ってね。今のところ、君の立ち位置は曖昧だ。俺たちとしても、立場を鮮明にしてもらいたかったわけさ」

「つまり、お前がそれを手土産に連中の所に戻るそぶりを見せれば」

パーシヴァルが親指を立てて、首の所を掻き切るしぐさをした。マイトレーヤは青ざめた。

「試されてたの？　わたし」

「いや、殺そうとまで思ってなかったよ。でも拘束したままにさせてもらおうとは思っていた」

ベルグリフは苦笑して肩をすくめた。

「でも違った。それどころかこちらの甘さを指摘までしてくれた。何食わぬ顔で戻る事もできたし、乗せるような事を言って帝都での動きを誘導する事もできただろう。もっと大胆なら二重スパイを装ってこちらを嵌めることもできたかも知れないね。そういったそぶりがあれば、こちらとしても相応の対策を取らせてもらうつもりだったけど」

思いつかなかった、という表情でマイトレーヤは視線を逸らした。パーシヴァルが愉快そうに笑ってマイトレーヤを小突いた。

「やっぱりお前、腹芸は苦手だろ。プライドばっか高くてよ、あっさりカマかけられやがって」

「うぐぐ」

「そこでマイトレーヤ、改めて君にも協力を頼みたい」

ベルグリフは頭を下げた。マイトレーヤは面食らったように目をしばたたかせた。

「本気で言ってる？」

「ああ。正直、君の魔法はかなり有用だ。敵に渡るのは避けたいし、味方になってもらえると助かる。君はシュバイツ達に心服しているわけではなさそうだからね」

「というか他に選択肢はないと思え。こっちもここまで腹割ったんだ、今更逃がすわけにはいかんぞ」

「……あいつらはわたしだって信頼はしていない。あくまで雇用主ってだけ。忠誠なんてもっての外」

「それじゃあ？」

マイトレーヤは観念したように息をつき、こくりと頷いた。

「そっちに付いてあげる。ただし言っておくけど、わたしは脅されてあなたたちに付くわけじゃない。わたしは自分の意思であなたたちの味方をする。そこは間違えないで」

「なにカッコつけてんだ」

「わたしは小悪魔《インプ》。面白い事が好きなの。ベンジャミンやシュバイツの企みも面白そうで気になってたけど……もうそれはいい。強大な相手をあなたたちがどうひっくり返すつもりなのか、そっちに興味がある」

「はっ、まあそういう事にしといてやるよ。精々特等席で見物してな」

「……でも命が一番大事。勝ち目がなくてやばいと思ったらわたしは逃げる。それでもいい？」

やや不安げな顔をするマイトレーヤに、ベルグリフは笑いかけた。

「ああ、それでいい。そうなったら責めやしないよ」

「甘すぎ……あなたみたいな人、初めて。ホントに冒険者？」

「いや、俺は冒険者じゃないんだが」

「え……だって……〝覇王剣〟と肩を並べて戦ってるのに？　あ、じゃあ引退したSランク？　それとも傭兵？」

「いや、引退はしたが、その時はEランクだった。傭兵でもないし……しいて言うなら農民かな？」

「……なんなの？　本当になんなの？」

マイトレーヤは困惑したように目を白黒させた。パーシヴァルがからからと笑った。

「世の中にはSランク冒険者並みの百姓もいるって事だよ！」

「もう勝手にして。それで、どういう計画なの」

「それは皆と合流してから言うよ。あまり切れ切れに話すと却って混乱するし、俺もまだきちんと説明できるくらいまとまってないんだ」

マイトレーヤはふんと鼻を鳴らした。

「わたしは安くない。成功したら依頼料をいただくからね」

「ああ、期待しているよ」

ベルグリフは笑って大剣を背負い、荷物を持った。

大事な事柄をあえて聞かせる事で否応なしに引っ張り込む。おそらく意図的ではないにせよ、かつてボルドーでヘルベチカにされた事を、ベルグリフは意図的にやった。そんな風に言ったらヘルベチカに怒られるだろうか。

予想外に話が転がって行く。旧友と再会する為の旅路が、ローデシア帝国という強大な勢力の闇を暴く事になってしまった。一体運命というものがあるならば、果たして自分たちをどこに運んで行くつもりなのだろう、とベルグリフは目を伏せた。

三人は戦っていた。カシムも、パーシヴァルも、そしてサティも。自分自身の為に、あるいは自分の信じる何かを守る為に。

今度は自分の番だ。

田舎で安穏と暮らしていただけの自分にどこまでできるか、それは分からない。しかしそうして出会った娘が、自分に再会を運んで来てくれた。親として、無様な姿など見せられない。

宿を出ると、暮れかけた空が青く光っていた。雨を降らしていた分厚い雲は流れてどこかへ行ってしまったらしい。西の空が赤く焼けていて、細々とした雲が紫や黒に染まっている。それを水溜まりが鏡のように映した。

湿った冷たい風が頰を撫でて行く。

ベルグリフは小さく唸る大剣を背負い直し、大きく深呼吸した。胸の内を冷たい空気が駆け巡った。

冒険が、始まろうとしている。

EX. あとがき

巻末書き下ろしが始まるかと思ったら作者が登場して駄弁を弄する！

これほど読者を失望させる展開もないであろうけれども、今巻は意図的に巻末書下ろしなしという方向を取らせていただいた。

本当は後書きも書きたくはないのだが、そうなるとこの作者はとうとうすっかりやる気が失せたなと思われるので、止むを得ないから、こうやって呼ばれてもいないのに門司柿家が登場する。今回はなるべく短くまとめたいと思うので、どうかご勘弁を願いたい。

この物語は基本的に一巻で小さな物語をまとめるようにしているけれど、今巻は次巻へと続くような引きにしている。今章、次章はＷＥＢ連載時から上下章というような構想で書いていた。一章に収めるには少々長く、無理に収めようとすれば物足りなくなるからである。

これまでのような、ひとまず巻の中でその物語がまとまるというものであれば、巻末に番外編が掲載されるのもいいのだが、こうやって次回に続くような形になると、そこに変に別の物語が挿し込まれているのは、何だかその展開の腰を折るようで、あまり作者としては望ましくない。

そんな事は気にならない、という読者諸賢も多いだろうけれど、これればかりは作者の無駄なこだわりだと思ってご了承いただきたい。一応、作者としては最後の一行には気を遣ったつもりで、その後に余韻のないまま別の物語がしゃしゃり出て来るのは、一冊の本として見た時にあまりに美しくないと思ったのである。

さて、言い訳はこのくらいにしようと思う。いずれにせよ八巻の刊行と相成った。ありがたい事にこんなところまで本にして出す事が出来ている。あらゆる方向に頭を下げねばならぬ人が多過ぎて、作者は基本的に俯いて日々を過ごしている。

続き物という事で作者は勝手に次巻も出すものと思い込んでいるが、果たしてどうなるであろうか。ここで打ち切られては、それはそれで笑い話になるけれど、どうせならば切りの良い所までは読者にお届けしたいものであるから、面白いと感じていただけるならば、友人知人におススメしていただけると有難く思う。

ここのところは世の中が実に騒がしい。こんな物語であれ、読んだ方のひと時の清涼剤となっていただけるならば、作者としてはたいへん嬉しい。

皆さま、できる事ならばお元気で。そうしてまた九巻でお目にかかれる事を楽しみにしております。

二〇二〇年四月吉日　門司柿家

みんながんばれ～
超がんばれ～!!
2020.吉日
toi8

誰よりも美しく、
慈悲深い大聖女。
あなたはこうやって、
伝説となっていくのだ……。
は、
ひた隠す
A Tale of the Great Saint
コミカライズ1巻
大好評発売中!!!
漫画:青辺マヒト
コミックアース・スターにて
連載中!!
https://www.comic-earthstar.jp/

あらすじ

従魔の黒竜が旅立ち、第一騎士団に復帰したフィーアは、
シリル団長とともに彼の領地であるサザランドへ向かう。
そこはかつて、大聖女の護衛騎士だったカノープスの領地であり、
一度だけ訪れたことのある懐かしい場所。
再びの訪問を喜ぶフィーアだったが、
10年前の事件により、シリル団長と領民の間には埋めがたい溝ができていた。
そんな一触即発状態のサザランドで、
うっかり大聖女と同じ反応をしてしまったフィーアは、
「大聖女の生まれ変わり、かもしれない者」として振る舞うことに…！
フィーア、身バレの大ピンチ！？

転生した大聖女
聖女であることを

十夜 Illustration chibi
続々重版中！
4000万PV越えの
超人気作！！！

華麗に
大ヒット中
です!
私、能力は平均値でって言ったよね！
FUNA

がココにある。
私の従僕
私、能力は平均値でって言ったよね!
二度転生した少年はSランク冒険者として平穏に過ごす
~前世が賢者で英雄だったボクは来世では地味に生きる~
転生したらドラゴンの卵だった
~最強以外目指さねぇ~
戦国小町苦労譚
領民0人スタートの辺境領主様
毎月15日刊行!!
https://www.es-novel.jp/

あなたの“好き”
反逆のソウルイーター
～弱者は不要といわれて
剣聖（父）に追放
されました～
転生した大聖女は、
聖女であることをひた隠す
冒険者になりたいと
都に出て行った娘が
Sランクになってた
即死チートが
最強すぎて、
異世界のやつらがまるで
相手にならないんですが。
人狼への転生、
魔王の副官

EARTH STAR NOVEL

冒険者になりたいと都に出て行った娘がSランクになってた　8

発行 ―――― 2020年5月15日　初版第1刷発行

著者 ―――― 門司柿家

イラストレーター ―――― toi8

装丁デザイン ―――― ムシカゴグラフィクス

発行者 ―――― 幕内和博

編集 ―――― 増田 翼

発行所 ―――― 株式会社 アース・スター エンターテイメント
〒141-0021　東京都品川区上大崎 3-1-1
目黒セントラルスクエア　5F
TEL：03-5561-7630
FAX：03-5561-7632
https://www.es-novel.jp/

印刷・製本 ―――― 中央精版印刷株式会社

ISBN 978-4-8030-1421-1